U0047960

創世紀60年詩選

（2004-2014）

蕭蕭、白靈、嚴忠政／主編

目次 ———

後主義時代：
2004-2014《創世紀》詩刊觀察（序）

蕭 蕭

　　研究詩史，觀察詩刊，一般詩社的歷史很難長久，有時是因為主事者的主張雖然可以標新於一時，卻很難流行於久遠；有時因為時遷代移，環境改易，詩社的聲勢悄然消退。

　　中國文學史上第一個有正式名稱的詩歌流派，是宋朝以黃庭堅（1045-1105）為中心而形成的「江西詩派」，「江西詩派」之名卻是北宋末年呂本中作《江西詩社宗派圖》而得名。黃庭堅作詩喜用典故，主張無一字無來處，他說：「自作語最難，老杜作詩，退之作文，無一字無來處，蓋後人讀書少，故謂韓、杜自作此語耳。」（〈答洪駒父書〉），這種「無一字無來處」的主張，必須先博學而後始可作詩，但他自己也清楚：「後人讀書少」，他的理想也就難以實現。何況，讀書用典，最重靈活，否則襲故不變，與抄襲何異？所以他又提出「點鐵成金」的說法，期望「奪胎換骨」，師承前人之辭，化用前人之意：「古之能為文章者，真能陶冶萬物，雖取古人之陳言入於翰墨，如靈丹一粒，點鐵成金也。」（同上）但，鐵是鐵，金是金，如何點鐵成金？胎是胎（他人的活胎），骨是骨（自我的風骨），如何置換？如果沒有大學識、大才力，何以為繼？更無法賡續的是個人的氣質、才具，連自己的的嫡

11

親血脈都不一定能完全遺傳，如何去傳承黃庭堅的「去陳反俗」、「好奇尚硬」？

　　一千年後，2002年以譚五昌、滕雲為首的新時代江西詩人組成「新江西詩派」，試圖在當代語境中建構一種相對規範與嚴肅的詩歌理念、詩歌標準。但是除了共同的江西文化、地域色彩、鄉土情感，他們能建構起何種美學趣味？如何呼應一千年的歷史差距？其實也頗值得觀察。

　　拉近距離，以日治時代成立於1902年的臺中「櫟社」來看，當時規模大，人才多，熾盛一時，可以跟臺北瀛社、臺南南社，鼎足而三。櫟社所在地霧峰林家的「萊園」，留有1921年林幼春所撰「櫟社二十年題名牌」遺蹟，提起「櫟社」是他叔父林俊堂（痴仙）所倡，林痴仙說「吾學非所用，是謂棄材，心若死灰，是為朽木，今夫櫟，不材之木也，吾以為幟焉，甚有樂從吾遊者志吾幟。」是以「櫟」的無用之用，作為自諷，也作為自許，為保存漢文化而貢獻心力。但在日本殖民政府撤退、新文學興起、大環境改變，漢文化、儒家勢力成為主流之後，立社一百年的2002年，會有「櫟社」的舊規模持續推展、「新櫟社」的建置倡議嗎？

　　2014年的今天，臺灣重要的兩個現代詩社，「創世紀」慶祝創社60周年，「笠詩社」慶祝立社50周年，她們都持續運轉、持續發行詩刊，不能不讓人思考詩社的歷史如何架構、如何書寫？

　　《創世紀》創刊於1954年10月，在左營服役的三位青年軍官以微薄的財力艱苦經營，形成今天新世紀的規模；從當初32開本，厚實為今天320頁；從「新民族詩型」，走向「世界性、超現實性、獨創性、純粹性」四大標的。這其間二十年的

努力，終能獲得楊牧的稱許：刊載好詩密度為各詩刊之第一位（《現代文學》第46期，1972年3月）。直至1972年9月，《創世紀》開放為同仁雜誌，廣納社員；1985年之後，接納沈志方、侯吉諒、江中明、杜十三、簡政珍、須文蔚等中生代、新活水為主編；1999年張默又接掌總編輯職位，但仍邀請楊平、辛牧、張國治、李進文等貢獻新異之想，刺激半世紀歷史的老詩社。最近的十年，方明、落蒂、汪啟疆、辛牧、龔華等人不時進出《創世紀》詩刊，老幹新枝，相互斡旋，維繫著詩社的活水衝擊，維繫著詩社與時俱進的生命活力。依我觀察，這或許是《創世紀》詩刊之所以能夠「穿越一甲子，跨越兩世紀」，改寫詩社歷史很難長久的原因吧！

臺灣新詩的發展，約略受到西洋各主義流派的波動，歷史軌跡不相彷彿，幅度震盪不相一致，發展腳步不相齊等，這種影響從日治時代就已開始，而且一再交疊、共構，簡表概略示意如下：

臺灣第一首新詩

追風（謝春木）：〈詩的模仿〉（1924年4月）——日文書寫

臺灣第一本新詩集

張我軍：《亂都之戀》（1925年12月）——中文書寫

臺灣新文學之父的第一首新詩

賴和：〈覺悟下的犧牲——寄二林的同志〉（1925年12月）——臺語漢字

臺南　風車詩社：楊熾昌（水蔭萍）——（1933-

1936）超現實主義

臺南　鹽分地帶：郭水潭、吳新榮──（約1931-
1940）現實主義

臺中　銀鈴會：張彥勳、林亨泰──（1943-1949）現
代主義

現代詩派、藍星詩社──（1953-1970）象徵主義、現
代主義

創世紀詩社──（1954-2000）超現實主義

笠詩社──（1964-2000）現實主義、新即物主義

龍族詩社──（1971-1976）現實主義、現代主義

羅青、夏宇、陳黎（1985-2014）後現代主義

　　這樣的糾葛是現代詩評論家也不一定可以釐清的局面，其
中，「創世紀詩社」不論是故意或不經意，有心或無心，都與
「超現實主義」夾纏不清。《創世紀》詩刊帶領大家在想像的
天地衝撞極限、衝破藩籬，其功歸之於「超現實主義」；《創
世紀》詩刊帶領詩壇創作冷僻之作、極盡晦澀之能事，其過歸
之於「超現實主義」；這幾乎是《創世紀》詩刊的歷史宿命。

　　但蒐集《創世紀》詩刊2004-2014這十年間的《創世紀60
年詩選》，依齒序排列下來的詩作，最先的兩首是現代派紀
弦（1913-2013）的〈假牙及其他〉、藍星詩社周夢蝶（1921-
2014）的〈我選擇　二十一行〉，可以欣賞到紀弦的俳諧事件
安排，英文人名或真或假的調侃趣味，不相關連的人事物之錯
置；也可以欣賞周夢蝶無來由的選擇，令人發噱的人生體悟；
這已非「主義」所可拘、所可圍。同理，最後的兩首是年輕的

林禹瑄（1989-）、楊婕（1990-），她們所寫的情詩都是類近於呼告型的第二人稱方式在推展，多傳統啊這題目：〈而我醒自你的夢境〉、〈跳房子〉，做夢的唯美，跳房子的童真，她們仍在參與、觀察、書寫，她們一無顧忌，所謂「主義」云云，又豈能限縮她們！耳朵貼在窗上的美好形狀、緩緩受潮的寂寞、髮間碰撞的露珠、斜斜的光，此生坑道雖多總有空地可以練習拆遷的暗喻，所謂「主義」云云，又豈能束縛她們！

　　近十年的《創世紀》詩刊，根據我的觀察，是屏棄主義之後適性發展的「後主義」時代，《創世紀》詩刊、臺灣新詩壇，有了自己的新世紀。

　　　　　　　　　　　2014白露前　寫於明道大學

紀弦（1913-2013）

假牙及其他

James Lu 的假牙
掉入他早餐的咖啡杯中，
是因為星期三
股票漲停板之故。

William Marr 的假髮
被一陣狂風吹走，
他就索興光著頭
上火車回家去了。

Linda Wang 的義肢跌斷，
只怪她自己不小心。
可是 George Yep 的腹痛，
卻是假裝給他太太看的。

複製羊桃莉的夭折
很令人傷心。　東鄉青兒呀：
即以牠為題材，給我再畫幾幅
「超現實派的散步」好不好？

後記：

1 James Lu是我大兒路學舒的英文名，William Marr 是我好友詩人
非馬的英文名，我拿他們兩個開開玩笑沒關係。其實戴假髮的另
有其人，也是我的好友之一。究竟是誰？你們猜吧！

2 Linda Wang 和 George Yip 這兩個人都是我假造出來的。

3 東鄉青兒是二十世紀三○年代日本名畫家之一，我很喜歡他。

4 從「假牙」到「假髮」、「義肢」，這叫做「主題之重複」；而
「腹痛」和「夭折」，這叫做「變奏復變奏」。詩人張默在論及
紀弦之詩藝時，說他「時呈飛躍之姿」，這便是了。（2004 年 6
月 12 日，紀弦記於聖‧馬太奧老人公寓之北窗下。）

——《創世紀》140-141期（2004年10月）

周夢蝶（1921-2014）

我選擇　二十一行
——仿波蘭女詩人WissLawa Szymborska

我選擇紫色。

我選擇早睡早起早出早歸。

我選擇冷粥，破硯，晴窗；忙人之所閒而閒人之所忙。

我選擇非必不得已，一切事，無分巨細，總自己動手。

我選擇人一能之己十之，人十能之己百之。

我選擇以水為師——；高處高平，低處低平。

我選擇以草為性命，如卷施，根拔而心不死。

我選擇高枕：地牛動時，亦欣然與之俱動。

我選擇歲月靜好，獼猴亦知吃果子拜樹頭。

我選擇讀其書誦其詩，而不必識其人。

我選擇不妨有佳篇而無佳句。

我選擇好風如水，有不速之客一人來。

我選擇軸心，而不漠視旋轉。

我選擇春江水暖，竹外桃花三兩枝。

我選擇漸行漸遠，漸與夕陽山外山外山為一，而曾未偏離足下
一毫末。

我選擇電話亭：多少是非恩怨，雖經於耳，不入於心。

我選擇雞未生蛋，蛋未生雞，第一最初威音王如來未降跡。

我選擇江欲其怒，澗欲其清，路欲其直，人欲其好德如好色。

我選擇無事一念不生，有事一心不亂。

我選擇迅雷不及掩耳。

我選擇最後一人成究竟覺。

——2004年甲申端節後十日

——《創世紀》140-141期（2004年10月）

謝青（1926-）

雪的墓墟（紐約冬景之一）

漫天雪花，在寒流中茫然飄飛
最後墜落在我的夢裡——

夢裡是我渴望的暖春，無限溫馨
夜空閃爍著滿天星光，每一顆星
都在編織一個綺麗的幢憬
牽引我的靈思，像天馬馳騁

突然，一陣狂風掃落了繁星
化成片片碎羽，如我睜目的淚垂
我猝然從夢中驚醒，太遲了
大地已變成一座白色墓墟……

——《創世紀》147期（2006年6月）

一樣悲情

東方漁白
婦人早起做好飯糧
餵飽十八歲的兒子
含淚送他到煤礦坑口
一年前送夫到此，遭礦塌喪生
兒子勇敢地挑起生活重擔
兩個劇本，一樣悲情

歸途中
深坑裡一鏟一鏟的挖煤聲
跳響在卜通卜通的娘心上……

——《創世紀》147期（2006年6月）

余光中（1928-）

Arco Iris

虹是雨阿姨帶淚的笑聲
使風景驚愕，一綻天啟
一扇門，是為誰開關
一道梯，是等誰下來
一座橋，是接誰上去

雨姨說，虹是她的孩子
嗜光，嗜水，為日神而生
光入水而成孕
睽睽七色的眼神
一回頭，美，已誕生

出沒無常，明滅任意
虹孩的身世成謎
雨說，她藏在我的鏡內
日說，她睡在我的光中
霓說，她偎在我的懷裡

——《創世紀》140-141期（2004年10月）

洛夫（1928-）

水靈
　　——跟屈原說幾句話

沿著水涯行走

當然無意投江

我只想

把手伸向歷史的深處

試一試

當年你走進去時的溫度

有點涼

漸漸積澱為歲月的荒寒

時間何曾老過

江水仍是那麼溫柔

那柔柔的話語

能否安撫一部離騷的悲憤

在今天已不重要了

你不是江底的冤魂

而是水靈

一個舉著驚濤駭浪而來的詩人

你何其幸運

生長於一個詩與戰火

同時燃燒的年代

千載以下

我們把你長滿青苔的額角
讀成了巍峨
所以說，竊以為
埋在江水裡
比關在冰箱裡好
而把冷藏在冰箱中的我們
凍成一句句帶骨頭的詩
又比
被人端出冰箱
化為一淌水好

——《創世紀》148期（2006年9月）

江南四题（選一）

3 夜宿寒山寺

晚鐘敲過了

月亮落在

楓橋荒涼的夢裡

我把船泊在

唐詩中那個煙雨朦朧的埠頭

夜半了

我在寺鐘懶散的回聲中

上了床，懷中

抱著一塊石頭呼呼入睡

石頭裡藏有一把火

鼾聲中冒出燒烤的焦味

當時我實在難以理解

抱著一塊石頭又如何完成涅槃的程序

色與空

不是選擇題又是什麼

於是翻過身子

開始想一些悲苦的事

石頭以外的事

清晨，和尚在打掃院子

木魚奪奪聲裡
石頭漸漸溶化
我抹去一臉的淚水
天，就這麼亮了

——《創世紀》143期（2005年6月）

向明（1928-）

靜觀十疊

1

南方的明亮和溫暖是誘因吧
伯勞鳥又依計遷徙過來了
濕地上有牛奶和蜜的路

不會擔憂同類爭食
不用害怕子女的安全
只求別設捕捉飛翔的陷阱

2

真的是花花世界囉！
高齡女尼僧袍下長出菜花
螢光幕上頻頻純美如花

湯鍋裡只剩幾粒蔥花
千山萬水已成明日黃花
凍土上獨不見傲霜的梅花

3

一片葉子追著另一片葉子

無奈地往下沉淪
這便是秋天帶來的騷動

要怎樣才快樂得起來呢？
已經獻出了初春的青澀
還得準備接受寒冬的晚景

4

時間到了就走罷
葉子掉了，樹還健在
水滴不見，河還在流

戀棧的也趁早走啦
蝗蟲不走，地糧欠收
蛀蟲不滅，梁斷屋朽

5

一大汪七彩的花海
鋪天蓋地的
迷惑了前瞻的視線

連蝴蝶也在懷疑
這樣的開心怒放
究竟還能維持幾天

6

暮色蒼茫中
一朵雲問另一朵雲
今天的運氣怎麼樣？

另一朵雲以雨滴嗆聲
景氣莫好啦！
半個天使也沒遇上

7

證實天空破了一個大洞
亟需有人煉石補天
可現在那兒去找勤快的女媧

高溫下億萬載的冰山融化
全世界的河流都憤怒決堤
治水的大禹呵！你在那裡

8

早知那藤蘿在窗外窺探
他是值得同情的
寄人簷下、遠離深山

我在窗內卻愛莫能助
要不是苦守一首詩的誕生
也早流浪在雲深水澤間

9

偉大的偶像扳倒以後
賣力過的繩索虛脫在一旁
獨享廣場的淒涼

循著僻靜尋訪
躺在齊物論中休閒的莊子
笑說人間啦，總是如此荒唐

10

最好、做一枚安靜的鑰匙
縱然出出入入的空間
只有陰暗狹窄的鎖孔

開啟一處久年好奇的私祕
快樂釋放囚禁的生靈
讓一首壞詩絕處逢生

—— 《創世紀》140-141期（2004年10月）

蓉子（1928- ）

逆旅

「夫天地者萬物之逆旅」　而
起居註如此地煩瑣單調
周遭充塞雜草般的擾攘
草上的螢火明滅無常　難以捉摸

一波接一波傳來友人們辭世的悲鴻
讓餘生在歲月的深處惆悵
生是一趟有來必去的過境之旅
成熟的果子豈能長留枝頭？

時間的瀑布橫衝直瀉
早春的美　仲夏的酷　秋瑩　冬寂
都將為死蔭的雲霧所覆蓋
山春水複　一代又一代　全無例外

溪水以不停流動的身影前行
攬盡沿岸風光明媚
停步時當如沉睡的山岡
等待著號筒吹響！

　　　　　　——《創世紀》140-141期（2004年10月）

倦怠

突地——
對所有事物竟有了相同的感覺：
倦怠
我無視於名店的各種美食
包括大廚師精心調製的美饌
以及蘇州「采芝齋」的美點

我厭膩了滿櫥子的衣飾
管它曾看過多少美麗的春夏秋冬
悅目過多少不同心情的年華歲月
如今都一一從我的願景中剝離
只留下一堆無心去清理的記憶

毋須稀奇
這等不同調的今昔
當你一旦進入暮色黃昏
你必從千景萬象中淡出
怡然地看視清遠

——《創世紀》140-141期（2004年10月）

羅門（1929-）

傾斜的廿一世紀
——後現代敲打樂

1

尼采在天頂山頂塔頂　開連鎖店
　　　　　　　專賣孤高
里爾克在海底山底心底　開連鎖店
　　　　　　　專賣孤寂
遊客們遊完吃完山腳海濱
　　　　好看好吃的風景
　　　　　　便鳥散
廿世紀蓋的「現代主義」摩天樓
　　　　　只好暫緩營業
　　　　　資金外移*1

2

圓圓的銀圓
　挾持圓圓的眼球與地球
　　將廿一世紀急滾到市中心
大叫一聲「爽」
太陽跌碎成滿地閃爍
世界便亮起一朵朵

絕美的煙火
明暗生滅在它的光速裡
留影在股市起落的看板上
　　成為都市的日落日出
　　　　重建視覺的秩序

3

這是吃色的年代
文化被消化打敗
要痛吃後現代
　便到火鍋城
　　　把能吃的動植物與作料都放進火鍋
　　　再用可口可樂與BEER沖洗腸胃
要樂透的睡後現代
便衝上網路
　　　把援交一夜情 3P 全攤在床上
　　　　床下是誰都擋不住的土石流
要盡興的玩後現代
　便讓電動玩具也把自己
　　　當做肉動玩具來玩
　　　　玩到電腦人腦變成合成腦
要到什麼都想要　自己就是帶槍的「上帝」
要到什麼都沒有　便留下身體的空屋
　　　　　　　連自己都不住在裡邊

空虛　在看滿街的輪影腳印
　　　　被速度的旋風掃成入秋的落葉
孤獨　在看千萬人肩碰肩湧過街
　　　　　　彼此不認識
寂寞　在看人與世界都各走在各的影子裡

4

這是磅秤沒有數字的年代
輕重真假不分
　　是因鮮花塑膠花網路上花的影子
　　　　　　　　　都叫花
對錯是非不明
　　是因桌面上的燈都熄滅
　　　電開關交給桌面下的手
誰想買文化與經典名牌
　　　　錢總是一路上
　　　　　得高標
誰想賣空人類所有的過去
　　　去看地球上開得最大的一朵鄉愁
　　　　　　　便抱住機器
　　　　　讓生命離開肉體的故鄉

5

這是打靶找不到靶心的年代
對也搖頭不對也搖頭的搖頭丸
　　　　是朝內外亂射的散彈
　　　　　方向到處逃
　　　　　「上帝」失蹤
　　　　　　紅綠燈失靈
世界只好躲入黃燈區
灰色地帶
　　　是灰塵與沙塵暴的家園
任誰進來都會沙眼
　　　　都會灰頭灰臉不見天日
除非坐上海德格升起來的「形而上」
灰暗下沉的谷底　是不可能見到
　　　　　　　晴空碧野
除非「詩」用天地線將天地拉住
　　　　　　拉正*2
　　　　日月正常進出
　　　　高低正常上下
傾斜掉下去的廿一世紀
　　　是不可能走上來

註：

1　「現代主義」已潛移默化為「後現代」經營圈的「品管」與「金控」力量。

2　世界上最美的人群社會與國家最後應是由詩與藝術非機器來達成。

———《創世紀》140-141期（2004年10月）

管管（1929- ）

司楚卡之臉Strga

　　從天空看下去滿山無石淨是綠樹。走在路上，有十字架的地方一定有伊斯蘭教尖塔教堂，雖然很近，祂們不會打架，跟人不一樣，山上無大石也跟別的山不一樣。當然阿爾巴尼亞人跟斯拉夫人不一樣，宗教不一樣。人，看起來一樣，幾乎人人都吸菸，一樣。吃的不一樣，喝的酒也許不一樣，喝的水卻一樣。吃的大辣椒一樣，晒的大辣椒一樣。都住在司楚卡，當然住的也不一樣。結婚不一樣，死卻一樣，可喪禮不一樣！語言不一樣，都會聽，一樣。

　　很多一樣和不一樣，所以都是火柴，一擦就冒火，一樣！

　　真主耶和華聖母都住在天上，一樣！住在地上的卻不一樣！天呀阿門阿拉不一樣！

——《創世紀》150期（2007年3月）

商禽（1930-2010）

正方形的春天

　　一輛公車過站不停，把你氣在有三根竹竿支撐著的一株非洲欖仁樹旁，它有一塊沒有被水泥磚蓋著的草地，公車站牌也呆在那裡。

　　在那一方大約五十公分寬的草地上：有車前草，所結的穗子還不飽滿。蒲公英的花冠早被吹散。酢醬草的碩果已經爆裂，鏵頭草開著紫色的小花，馬矢莧的葉片肉厚厚，高麗草緊緊抓著地面。當然也有香菸屁股檳榔渣，加上候車人的吐沫與嘆息等等⋯⋯

　　又一輛公車不停，拖著一股黑煙，烏賊一般，闖紅燈黃燈而去。

——《創世紀》144期（2005年9月）

魯蛟（1930-）

孔子

持杖將髦
筆墨卷籍盈囊
自時間的深處飄然而來

先去看看論語
再去翻翻春秋
論語上纏著蛛絲數縷
春秋裡跑出蟲蟲二三
至於那想去一訪的諸弟子
則紛紛外出謀職去了

夫子無言
乃悵然轉身
重返時間深處

——《創世紀》171期（2012年6月）

濁世過眼錄

馳騁

沒有戰場也不會寂寞
我們那身懷絕技的將軍們
在官場上馳騁
照樣是
戰功彪炳
勛獎滿襟（外加星光燦爛）

神技

肚子雖然扁扁了
卻不喊餓
原因是
有人用甜蜜的謊言
幫他們充饑

網事

漁民的網已經網不到魚了
而那些網愚民的網
卻是
網網豐收

———2007年冬
———《創世紀》154期（2008年3月）

丁文智（1930- ）

阿嬤的心思

定然是在落日餘暉
將盡而又未盡的此一時刻
掰開
鼓脹在心情中的那個硬塊
然後扭開臨街的水龍頭
讓那條早已洗成網狀的小手巾
連同那個身影
一同放在那只大鋁盆裡
擺

若抖落煙塵
才能讓清新思維氣定神閒
那　每每擺動成如此之欲罷不能
不就是想在巾角模糊的那兩字中
再次引出
那個消失在南洋的壯碩身影

臉都枯成霜葉了
還有什麼放不下
不如就此
讓糾纏了大半輩子的那段心事

休戚共住在
薄而質金般的生命史冊中吧

悲懷之漸消
不正由滿街燈火詮釋著
而同情的風
不也以最溫柔的體態磨蹭
阿嬤頭頂上那幾根怎麼都順不到邊的
雪一樣的髮絲

只有時間不通人性
老愛以隱語　掀她
手巾之外
那款　情繫遠方的底

可不就這麼一恍神
阿嬤的手
便被一個飛揚在境外的意念鎖住
任汩汩水流
拉扯著那條如帆之小手巾
以及　巾角上那個心顫的名
一起在盆之滄海裡　沉浮

——《創世紀》153期（2007年12月）

麥穗（1930-）

雅戈依哭了*1
──泰雅之歌

雅戈依銳利得像鷹爪的雙手
突然變大了
大得像一臺
無堅不摧　力大如牛的
挖土機
十指尖尖插入泥漿石堆
以挖掘竹筍　甘藷的功力
翻開遠自山頂滾滾而來的土石

一隻細小的手臂
從泥漿石堆中暴出
雅戈依臉上沒有慣露的喜悅
因為它不是尖尖的阿利*2
也不是疙疙瘩瘩的額阿黑依*3
是熟悉的孫子的指掌
但失去了熟悉的動作

雅戈依哭了
尼依歷斯像颱風帶來的豪雨*4
大顆大顆滴落在土石裡

好山好水

怎麼變得如此不堪

世外桃源的部落

怎會災禍連連

雅戈依抬頭

望著盤旋在山腰間

直衝山脈稜線的林道

向滿山千年紅檜　扁柏

慘遭砍光伐盡的山頭大吼

是祖靈烏督生氣了嗎*5

在降罪責罰無能的子孫

守不住這片衛護家園的

神木　樹靈嗎

註：
1　雅戈依，泰雅語；祖母、老太太。
2　阿利，泰雅語；竹筍。
3　額阿黑依，泰雅語；甘藷。
4　尼依歷斯，泰雅語；眼淚。
5　烏督；泰雅語；神、鬼，此處意為山神。

——2005年8月5日中部山區慘遭土石流之災夜

——《創世紀》150期（2007年3月）

張默（1931-）

再會，蘆溝曉月

橋的兩端各自兀立一尊「蘆溝曉月」的石碑。可歎咱們來的不是時候，老太陽烈烈的示威，當然月亮還未起床，不過這樣也好，反正它也不是什麼大美人，要不是六十八年前那場舉世譁然的七七事件，把我從睡夢中吵醒，我才不管它是什麼橋什麼溝呢？

·

當我在橋面上行行復行行，仔細端詳那兩百多尊石獅子，我難過極了。它們為何那樣的愁眉苦臉，莫非是乾隆的禿筆，早早把它們惹毛了，讓它們在風雨中白白罰站了好幾百年。

·

乖乖隆地冬，「蘆溝橋」，三個斗大的字，確確是咱們黃皮膚中國人深沉的疼，這次首次會面，令我的滿頭白髮立即猛猛增生了好幾尺，我也隨手拔了一把，順便把它扔到身旁一個石獅子的額角上。

——《創世紀》146期（2006年3月）

雲堂，你在那裡

踩著一簇簇銀杏的落葉
咱們三個共同攜手尋訪
廿七年前曾經暫住過的
在大風雪中，幽雅佇立的雲堂
今天，你佝僂的背影，怎麼不見了
對面矮矮素靜的「祕苑」仍在
莫非廿公尺外，一座十層鋼骨大方盒子
就是你的前　身

  •

我不得不唏噓，疑惑，惆悵
一幕幕往昔鄉愁顯影之所在
立即在眼前次第浮現
當年的抱擁，狂飲，爭吵
不過是記憶中的幾粒微塵
而羊令野，梅新各自散發的華采
早已被時間揉成兩片蕭蕭的楓葉
咱們，又能到那裡去撿拾呢？

註：2003年10月28日，辛鬱和我，應「韓國文人協會」之邀，赴漢城訪問。31日下午，由許世旭兄帶路，咱們在鍾路區尋訪1976年11月底，臺灣十詩人曾經住過的韓式「雲堂旅社」，但遍尋不著，惟對街的「祕苑」仍在。當年同行的羊令公、梅新，均已作古，撫今思昔，不勝黯然。

——2003年11月4日內湖初稿

——2005年2月6日改定

——《創世紀》143期（2005年6月）

菩提（1932-）

白露時節

江間波浪兼天湧
塞上風雲接地陰
　　　——杜甫

不與太陽寒暄
不與月亮糾纏
也不與星星說一句溫馨的話
只守著一片草葉
等一滴露珠出現

雙睛乾澀
焦燎內燃
縱一滴露珠之清涼
也能激心緒成一個慶節
　　望穿秋水
若果，真的秋水時至
則毋須再用想像去
遙望，用沉思
去透析
感覺深處自有塊壘斑駁
擾動些許光暈

白露時節
　　西風不語
　　秋色無言
　　蟬聲已寂
　　茶色亦淡
唯塵封的一疊新聞紙
烏鴉鴉的流淌出一股黑漿
填塞空間

誰與我擦身而過
悄然無聲，彷彿
日已升，月亦泳
所有的音波、時間都殺死在
一匹草葉的凝露之間
而芒刺欣然

——《創世紀》145期（2005年12月）

碧果（1932-）

柿子

浸在鼾聲裡的二大爺醒成夜
觸撫窗外一輪明月的是二大娘
整間屋子旋盪在似吟非吟的小曲中
庭院裡一棵柿樹知曉原由

第二天
柿子，滿樹都紅了。

——《創世紀》143期（2005年6月）

辛鬱（1933-）

獄中詩
——懷念一位朋友

這麼著便入睡了
意識從夢裡出走
再悄然潛入　無色彩的
林野　眾樹列隊相迎
一個靈魂的游蕩

遠地　一座銅像定定的
站在水池中央　無波的
平靜　以溫柔的濕意
統治了一窩乾澀的心
看不見的鳥鳴響徹

那會是天空的喚叫嗎
我沒有姓氏
只有號碼
在黑獄中編織無邊的渴望
這麼著　便入睡了

——《創世紀》148期（2006年9月）

方艮（1934-）

巴比倫之淚

鐵絲網顫抖且炫耀著春天
徘徊是吶喊的隔離
一排列的步槍　豎起耳朵傾聽

歷史的石雕在每座山石的腹中
掙扎　眼球飛落沙漠
雙腳踩著憤怒的火種

黑油的哭聲瘦得像一根風箏線
那是千年的飢渴
掠奪的痕跡　隨著
煙硝猶如一堆吃剩的廚餘

婦女們沿路踩碎坦克的烙印
古老的巴比倫　古老的嘆息
地球終於明白　古老的沉默和忍耐

巴比倫想起它的傘
笑似一朵盛開的黑玫瑰
早知今日的夢醒　何必當初的擁抱
世界的雨露　分段分時的散播

可憐的巴比倫
圖畫般的大地　已找不到它的名字

寺內的鐘聲無語
戰爭在沙丘暫停
裁判們尋找
扣籃與發現流沙的關連性
千年的飢渴
一朵遮陽的雲又能如何

騎著一串子彈逛街
速度贏過腦波　罕見的急救手術
幹都幹了
還哼什麼玫瑰頌

將巴比倫的超渡　交給鷹
看是誰正在揮霍著擁有的現在
魚和橄欖在進口的訂單上腐爛
死亡是一種賽事正在等待
只有視而不見的巴比倫
淚滂滿谷

巡曳的槍口開出一株水仙
鄉愁無解　交給神吧

巴比倫的祖先們
在天堂呼喚哭泣的鷹
這樣　也許容易接近
脫離烽火的文明

——《創世紀》156期（2008年9月）

非馬（1936-）

禁果的滋味

禁果掛得越高
攀摘的手伸得越長

每個人心中
都有一窩
蠢蠢欲動的
蛇

你弓起背
把自己塑造成
一隻鮮豔多汁的
蘋果
高高掛在枝頭

耐心等待
弄蛇人的笛聲
悠悠揚起

——《創世紀》161期（2009年12月）

城市之窗

用橫橫豎豎的鐵條
把天空分割成一塊塊
零售

日日夜夜
每個黑暗的窗口
都有眼睛
在那裡窺望
等待隨時出現的
終極廣告——
宇宙清倉大賤賣

——《創世紀》147期（2006年6月）

隱地（1937-）

思想飛翔

床上的旅人
橫著
一個橫著的
床上旅人
在群星與眾神之間
正展開他思想上的飛翔

夜晚是夢的天堂
白日不能橫著
白日要和聖者告別
塵世的一日三餐
讓人間成為戰場

——《創世紀》147期（2006年6月）

光譜之歌

嬰兒臉上
種著一顆光的種子
少年臉上有
紅蘋果光
青年臉上
綻放著歌聲
中年人啊　你的臉龐就是
曦日
光啊　光在你身上跳舞

喝過下午茶
光就悄悄地溜走
它要去照亮另個新生嬰兒

不給我光
還要抽走我的優雅
你是誰啊

給我一顆夜明珠
光就在我身上
靠近我　你就有光

晚香玉在晚霞裡隨風搖曳
我是一個美麗的隱者

——《創世紀》140-141期（2004年10月）

葉維廉（1937-）

歸來

在充塞天地的
茫茫黝黑的夜裡
歸來
摸著摸著重複的行程
似知未知的熟識
未知似知的陌生
山形谷體全然抹去
在沉沉的夜氣裡
有一些移動的影子
浮游浮游
溶入流動的夜色裡
遠遠的豆燈
明暗明暗
這些可是記憶中的農舍
凝望中的開開合合？
形影隨著車行滅現現滅
有一種甜美的哀愁
湧動，緣起緣滅地
在斷裂又斷裂的
胸腔裡漂離的記憶
如鬼火閃爍在流水上

我依著嗅覺去找尋

泥土的甜味

好遙遠啊又好貼近

甜美而哀愁

點刺著

斷裂與斷裂間的空隙

我醒而欲躍

如初發的情欲

騰騰然那披著白鬃的

浪馬激濺在瞿然直下的崖岸

我驚而欲躍

從一片斷裂的歷史

跳到另一片斷裂的歷史

攀升如梯

重入那原初未割的情感

那未曾分封的完整

歸來

在充塞天地的夜色裡

一塊一塊甜美的哀愁

如蓮葉把我零散的肢幹

包裡為結實的形體

等待

等待

在沉沉下壓的夜裡

一種彪猛呼吸的
輸送
也許今夜能
著氣
騰躍
而復活

——《創世紀》145期（2005年12月）

李魁賢（1937- ）

牛之為神

神氣
韻生於指顧間
勢不儼然在廟堂上
凌人自誤
真神化為牛的形象
勤於耕耘
不昂首孤高鳴空
只顧俯身品味芳草
愈親近土地愈卑屈
甚至佝僂姿影
終不悔
自娛自在
神性

——2008年2月27日

——《創世紀》155期（2008年6月）

看海的心事

不知道進港的是帆船
　　　　還是郵輪
不知道飛來的是海鷗
　　　　還是候鳥
不知道飄過的是白雲
　　　　還是波浪的倒影
不知道揮手的是告別
　　　　還是迎接
不知道天涯連接的是昨天
　　　　還是明日
不知道掩護心事的是一支小陽傘
　　　　還是秋風的黃衣裳

——2008年2月27日

——《創世紀》155期（2008年6月）

林煥彰（1939-）

貓與時間

守著夜，看到孤獨；
守著黑，看到寂寞；
貓，把時間還給時間
牠只喜歡牠自己

——2004年8月26日研究苑
——《創世紀》151期（2007年6月）

我，可以向後轉

蹲下來，
是走到了路的盡頭嗎？

海，沉默著。
路，在我走過的地方

——《創世紀》151期（2007年6月）

揹著故鄉去旅行
——旅行是另類的流浪

在夢裡，攤開一張世界地圖

在出生的地方，標誌一個紅點
再把地圖小心翼翼，摺疊起來
收在背包裡；開始在夢裡旅行

旅行，我走到哪兒，故鄉也跟著我
流浪到那裡……

——《創世紀》163期（2010年6月）

朵思（1939- ）

暈眩的城市

搖幌的記憶。搖幌的城市
暈眩中，萃取出現的精緻畫面
是存放記憶中一段段曾經停格五線譜上
暈眩的街道。暈眩的愛戀。暈眩的欲望
暈眩的病體

太陽辣直潑灑在眼瞼和毛髮
欲望無限供給青春
可以抵達與不可抵達的飄搖的想像：
乾旱沙漠駱駝的單峰或雙峰
帆船航行海上……
霧，濛濛罩住遠山、海洋
潮汐正在漲潮
濯洗著海鮮的腥羶……

侵入想像夢境
許多看得見或看不見的城市
都漂流在離開市鎮以後與天地呼應的
另一個災難系統
或快樂現場

——《創世紀》174期（2013年3月）

發現
——阿里山素描

巨木、針葉木靜靜守住海拔的高度

地勢陡峭
一條鐵路兀自溫暖著自己
鋪展出整段探索山景的旅程

雲海
綿絮般的白
介於日出與晚霞之間
數說著瞬息轉換的不同表情

是青楓還是紅榨槭
刻劃了歷史的傳奇？

其實是神木遺跡
連同拱橋、奇岩、流瀑
見證了
穿梭過歲月所知道的同樣時空

——《創世紀》174期（2013年3月）

黃翔（1941- ）

宇宙人體

閉上雙眼
全身都是張開的
眼睛
席地而坐
雙腿盤曲入靜
自己朝自己
內視

體內
波動四季的風和水
每一個瞬間
肌肉
如無形流轉的
泥石堆
骨架潛移如
身外的
竹木

也有精血
也有脈絡
延伸人體宇宙的

祕紋

肉身星辰密布

太陽和月亮
雙輪飛旋
白天和黑夜
滑行血脈隱形的
軌跡上
抵達大自在
也抵達
空無

——《創世紀》148期（2006年9月）

形骸之外

　　大音希聲
　　大象無形

身下
是沙丘的
蒲團
或汪洋的
坐墊

遼闊的
大戈壁灘
收縮於
腳趾
浩淼的
水域
濁浪凌空
從頭頂無聲
落下
如披肩
亂髮

眾鳥

翅翼交叉的
閃電
躥出於
瞳孔
群鹿
蹄聲靜穆的
雷暴
跳動於
指尖

浮雲
起自心中的
拂曉
落日
沉入黃昏的
肚臍

血肉時空浩瀚

地球
小如子宮的
卵巢
環繞陽具的

地軸

——《創世紀》148期（2006年9月）

桑恆昌（1941-）

鉛筆

不扒你幾層皮
什麼也不肯說

扒了皮還不是
叫說什麼就說什麼

——《創世紀》155期（2008年6月）

木魚（七帖）

之一

半張著嘴巴
總想說些什麼

天機怎能洩漏
小槌時時告誡它

之二

不挖掉
胸中塵俗
縱然佛來執槌
也斷無
空谷清音

之三

遠離龍門
免遭風割浪打
可水族中
誰還記得它

遁入佛門
並非就是出家
卻知道，佛不語
而佛語遍天下

之四

心如木魚
沒日沒夜地敲打

你還有多少慈悲
我的佛啊

之五

敲穿幾多木魚
未醒來一個菩薩

既然已經靈魂了
何必再去血肉一番

之六

木魚篤篤
是天堂的門鈴

眾神相視一笑
雲遊去也

之七

剃度之後
破了什麼戒規

縱然被敲穿
仍有贖不完的罪

——《創世紀》155期（2008年6月）

月曲了（1942-2011）

尋味

往事不是茶
涼了
不能喝

茶亦非往事
為什麼
每一口
都耐人尋味

——《創世紀》155期（2008年6月）

眺望

如何眺望
也看不到妳
母親　妳知道嗎
天空每夜扔掉的星子
其實
都是我的眼睛

——《創世紀》154期（2008年3月）

古月（1943-）

隴西紀行

臥佛

遊子沓亂的腳步
未能驚擾臥佛的入定
八千年輝煌過的風水
是夢中的雨露花香
解說員娓娓的言語
已悄悄在經卷上結網

遠行者的夢

誰說人生莫作遠行客
馳騁的路已沒有了距離
塞外的羌笛胡笳幾成絕響
更不見戈矛如林

蔚藍的天空
有隻寂寞的老鷹
掠過一座座天葬臺
卻看不見一縷炊煙

逐水而居的牧人
你的遠行從來就沒有夢嗎
或是只要遠離塵囂
就可擁漢月入眠

狼毒花*1

要怎麼形容呢
既不是荒郊的玫瑰
也不是野地的百合
只是被太陽追逐
隨著溶雪飄泊的
飛蓬蒿草中
一株淡粉色的苦情花

她流浪和憂鬱的一生
卻在寂寞地開放
「花兒*2」的曲調卻從不被唱起

當一匹駿馬
由湖面夐飛而來
雖懷以雪山的寒意
獻上神祕的馨香
曾經輕輕踏過原野小花
無數的白馬　拂尾而去

只因保純真的狼毒

成了她悲哀的苦情

註：
1　狼毒花：生在野草叢中美麗的小花，生命力強韌，含劇毒，牛、
　　羊、馬均能分辨，趨而不食。
2　「花兒」乃當地的情歌。

——《創世紀》148期（2006年9月）

喬林（1943-）
臺北的憂鬱九題（選二）

嚎叫的街道

恐懼
從路底浮上路面
顫抖

嚎叫聲一句句串連起
警車
消防車
救護車
從街這頭嚎叫到街那頭

道路兩邊的路燈
張大著光
一路圍著觀看

臺北
這深的夜

火星孩子

那個孩子
骨架上撐的是物質文明
有肥有瘦
嘴巴冒著
火星文

他沒有內臟
消化系統‧血液系統
呼吸系統‧神經系統
都安裝在電腦的軟硬體上

他的十指
在虛空的空氣中
不斷地打鍵盤
他的明天就是今天
他的國家的國土就是
他坐的地方

——《創世紀》147期（2006年6月）

淡瑩（1943-）

琵琶

原來敵軍就埋伏在十指之間
硝煙四起的剎那
周圍一片漆黑
鴉雀無聲

不知道一彈指
多少戰馬奔騰飛躍
一按絃
多少隊伍相互廝殺

我蜷縮在角落
忐忑不安，屏息
凝視著琵琶上方
交錯閃動的刀光劍影

殺戮聲陣陣
自遠而近，由疏到密
驀地眼前一黑
我頹然倒下

血，從傷口
不止一處
汩汩冒出
染紅了臺上臺下

——《創世紀》167期（2011年6月）

二胡

前記：每次聽〈二泉映月〉，都會感到揪心。

一開始小巷就被拉長了
唏噓之聲自巷頭延續到巷尾
孤燈下
那雙充滿淒苦的盲眼
正一步步探索嗚咽的出路

梗在胸臆間的辛酸
被琴絃緩緩拉出來
再一點一點被推回去
推拉之間，不覺
過了大半輩子

寒月高照，泉水冰冷
我雖不喝酒，沒抽菸
甚至拒吃高脂肪食物
心房還是揪在一起
抽搐了又抽搐
最終淌下兩行清淚

一行留給來生
一行還給過去的自己

——2010年初冬於臺灣元智大學

——《創世紀》164期（2011年6月）

辛牧（1943-）

流向二題

風向

我一直認為
風是往一定的方向
直到五分鐘前
我卸下長衫

我站在稍高的地方
前方的樹
從輕微的抖動逐漸
駭起來

風應該也有個性和情緒
也有他走不到
穿不透的
有他飆過後的失落和遺憾吧

水向

水一直是順同一方向
從我的雙足
那麼自然流過

不讓我警覺
像清晨的露水
在陽光中
無聲無息

我彎下腰
以一種虔誠的姿勢
杓起一把水
而水從我緊握的
手掌的隙縫
逃向幽幽的
黃昏的昏暗的河中

——《創世紀》155期（2008年6月）

紅鶴

一隻紅鶴落下
在湖裡插上一朵紅花
一群紅鶴落下
在湖裡插上整湖紅花

一隻紅鶴飛起
在天空劃開一道傷口
一群紅鶴飛起
天空便血流成河

——《創世紀》147期（2006年6月）

汪啟疆（1943-）

鹽

請嚐一下裡面的海
請看沒有聲音的寂止
請尊敬我乾燥了的凝固
人啊，你內裡能有比我更大的叛逆嗎

——《創世紀》148期（2006年9月）

艙間書

時間之美乃在，海洋
不給萬物任何刻痕；魚缸說
生命互觸互動其自然關係
形諸難以敘述的繁複性；筆說

鷺鶯倒影在
涉水淺堵處，是我。我靜靜寫出
影子、葦芒、水波、框起來的孤獨
沉思──我對妳的愛。表述船艙內
一個飽滿種籽袋如何被時間帶向遠方

──《創世紀》148期（2006年9月）

落蒂（1944- ）

貓

一隻貓每晚以淒厲的叫春聲，讓我心神不寧。

某日陽光正暖和，一隻貓陪伴著女主人正在晒太陽。我從陽臺看過去，牠正舒舒服服的躺在女主人的懷中。女主人半瞇著眼，一付慵懶的神情。

突然那隻貓從女主人的懷中躍起，跳過陽臺，直奔入我的耳朵，匆忙間，我抓住牠的尾巴，但沒握好，牠已迅速鑽入我的腦袋。

從此，每當我躺下，總會有叫春的貓，在我腦中喵喵叫，醫生也束手無策。

——《創世紀》146期（2006年3月）

遺忘

妻把關了幾年的小鳥
放了出來
牠停在妻的手上
忘了飛翔

——《創世紀》150期（2007年3月）

尹玲（1945-）

試問

我可以給你哪一類兒童節
讓你能在二十一世紀初的今日
既不被卡於細雨紛飛的清明之內
也不受困在難辨面目的黑白之外

哪一條道路最適合你
讓這個年紀的你
不必過早魂斷
　　於無法分辨真假的茫茫中
不必因恍惚失足
　　陷入不能自拔的淒迷裡

哪一種笑容啊能讓你真心綻放
在你這張仍是童稚的純美臉龐
絕不憂慮污染的混濁
正設法沁入你那一扇
尚未答應開啟的潔淨心窗

——《創世紀》140-141期（2004年10月）

總是那樣

總是那樣

我們故事的情節是重複
相同的格調
相同的語言
相同的動作
相同的眼神
甚至連呼吸都不會有不同的節拍和次數

約　可是你，我都同意才定下的
然而為何每次總是讓我等你
數著比任何懶人都慢的秒針懶懶移動
焦急至乾眼症的雙眼也不禁熱淚盈眶
早已將整顆心全部呈獻與你的我
居然連心事都未及訴說一句
你已再次開始固定模式
開頭的一笑尚未燦爛
結束的一笑竟已收攤

而我的心事
總是那樣

——《創世紀》153期（2007年12月）

傅天虹（1947-）

兩行詩十帖（選五）

大海黎明

旭日　像一滴血
在白宣紙上化開了

海景

波浪暗暗生動，魚仍然是哲學家
抽象地泊在寧靜深處

宿命

總會被塗改顏色
落葉　是秋的遺言

黃昏

天空落幕了　一隻鷹
還在不停地追問夕陽

書房

房內一個海
書是一條條活潑的魚

——《創世紀》162期（2010年3月）

致貝多芬

雨　一隻顫動的手
緩緩落下
你不願像候鳥飛回溫暖
儘管風在暗示
前方
仍有雪原

你已化成溫泉
是野嶺的轟鳴
輝煌的思想
樹牢牢地記住你
走進
你的低音區

海的胸膛
因你的指揮
而起伏
你音樂的翅膀上
流雲棲息

置身黑夜
會渴望一個出口

今晚

你的月光

又照進了

所有的窗沿

——《創世紀》152期（2007年9月）

蕭蕭（1947-）

後更年期的白色憂傷（選五）

童年

斑鳩久久一聲咕
好像在第二棵樟樹顛

又好像在　心間

閒

無人來問路

池邊的柳樹指揮水底的雲
找尋津渡

古井

沒有紅顏探臨的鏡子
自在地映照天光

雲影在桂花香的時候才飄過來

無去處

快樂在花香散開的時候散開
憂傷在花瓣落下時落下

雲不深，卻也不知雲的去處

東方白

夢到遠方去的時候
不要問夢何時歸來

歸來，真相未明天色已白

——《創世紀》144期（2005年9月）

龔華（1948-）

降落

就這樣緘默地被超音速監控了
幾世紀的我的脈搏
降落在過度跳動的
伊比利半島的心臟裡

鄉間小路堆砌著城市的繁華
綠蔭俯拾起商業大樓的影子
於舊時靈魂的喧囂中

遲鈍了千萬年的嗅覺裡
我聞著自己的文明
即將成為化石裡的一句話

——《創世紀》146期（2006年3月）

佛朗明哥

遷徙自靈魂深處
在安達路西亞的窗口
張望你受傷的靈魂
在臺上緩慢的動作中
爆發的強勁踢步從不落幕
臺下 ole ole 的叫好聲
驅趕吉普賽驕傲的貧窮
失去家園的裙襬
在佛朗明哥琴絃的狂歡裡
流浪著激昂的愛恨情仇

——《創世紀》146期（2006年3月）

張堃（1948-）

一行詩八句

生

在世間的旅程，沒有回頭路的歷險

老

古樹猶記曾是一株幼苗的往事，卻忘了昨日風與雨的對話

病

一切都入了禪境，暫時想開了

死

走了，走遠了，也是沒有回程的旅行

風

感覺過後，彷彿看到前世今生的疊影

花

因為要享有盛開的高潮，所以絕不懊悔凋謝的冷落

雪

冷是我唯一的顏色

月

你的意思難以揣摩，有時過於直接，有時又嫌晦暗

——2008年10月5日，深圳

——《創世紀》157期（2008年12月）

缺席者

不在場
那人成了唯一的話題

他曾坐過的椅子
現在　被
另一個演說的人
正揮弄誇張的手勢
占據著

——《創世紀》158期（2009年3月）

徐瑞（1948-）

石斛蘭

起風了

枝頭僅存的
那朵石斛蘭
以蝶舞的身姿
攜著一兜心事
旋盤不去

——《創世紀》160期（2009年9月）

使者

靜候多時
妳黑貓似的
臥踞牆頭

夕陽只照及半張臉
左瞳收為一線
右眸隱於黑暗

口銜細枝
垂著一片
卷曲的
枯葉

我們緊緊互視
一切靜止

你帶來了什麼樣
的訊息　為何
我心肅穆
若此

——《創世紀》160期（2009年9月）

連水淼（1949-）

噴火女郎

整片喧噪的海灘
頓然屏息

辣的比基尼　不能再比基尼
側躺在一隅
把整片海　吸入
深深的乳溝

起身　把春天轉動
椰樹騷響　眾目流轉
酷暑飄散早秋的涼意

轉個身　煽動三百六十度的風華
一陣陣快門　拍擊　激情的浪
幸運的狗兒
撲了她一身滑潤
獵豔羨人

忽地　她弓身掬水
用酥胸舉起了斜陽
頂回一排挑逗的浪
沙灘噴火
紅透了遠方的雲彩

──2009年6月30日東京
──《創世紀》160期（2009年9月）

空無

空掉　一段又一段前塵
空掉　一個又一個身影
空掉　喜怒哀樂　悲歡離合
空掉　江底的圓月　山頭的日出
空掉　眼耳鼻舌身意六識

空到　只有一個勉強名之的無

無量法　無極天
濃縮成一粒微塵

無可限期的大
從書桌上的一個裂縫
悄悄騰出
帶著我出離

我探源一個空
答案是　本來如此
我追蹤一個無
卻回到最初

——《創世紀》164期（2019年9月）

蘇紹連（1949-）

乖囝仔

汝的皮膚內有一尾閣一尾真會感覺的魚咧泅
若碰著就走閃
佇水內
佇血內
搖著利劍劍的尾溜
吐出一泡一泡的氣泡
誰敢惹汝！

汝睏的時，有人佇汝的皮膚底园魚餌
食釣的一尾一尾魚
反腹反肚皮乒過來
自汝身軀的尾溜
浮出
一尾閣一尾，化作一滴閣一滴的
血啊

彼的魚餌
親像注射針全款
欶汝的血
注倒轉汝的身軀
乎汝麻痺

汝著袂當反擊現實

彼寡人講：好囉

汝已經是一個完全無感覺的囝仔啦！

——《創世紀》153期（2007年12月）

桃花

我飼養的一株
寒冷，覓食你的三月
竟然溫暖了

一朵初戀的感覺
凝結，只是一個訊號
卻也化身為寓言

我的生命轉入無奈轉入逃離轉入隔絕

我飼養的一株飄零
化身為畫，為詩
你卻不知何處去

我不覓食你了
任由你逐漸化身為
一種陶淵明

——《創世紀》175期（2013年6月）

和權（1949-）

枸杞子

煮也好
煎的亦罷

一心只要你
白髮變黑
雙目炯炯
來去
輕如風

——《創世紀》163期（2010年6月）

掌中日月

掌中
盤旋著一對沉沉
沉沉的鐵膽
旋啊旋
一個是月亮
一個是太陽
旋啊旋
　旋出了
唐時
燈下揮毫的日子
草舍讀書的日子
湖畔吟哦的日子
凝望著
烽火的日子
旋啊旋
仍旋不出
古今的憂患
與
惆悵

——《創世紀》162期（2010年3月）

許丕昌（1949-）

蓮花之眼

1

水聲潺潺
在樹影斑斕的舞動中
車馬聲隆隆震響　高聳入雲
背後盤旋不已的　卻是
藏密咒音的吟唱

耳際　或
眼簾
偶然的流光
像是　快浮起一絲擾攘間的輕響了
或者　也想來點什麼追逐

但

我　真　的　不　屬　於　誰

所有的　聲音

從寂靜裡

醒　來

——2011年6月25日

——《創世紀》168期（2011年9月）

2

潛入
是最美而奇幻的
邂逅

尤其
在那座被稱為
宇宙　的

古墓

——2011年7月3日

——《創世紀》168期（2011年9月）

濱海手記（選一）

1

一張空白的稿紙　攤著
等待他的淚　流下

親愛的
淚是美的
守候也是

遙遠的那張稿紙　被遺忘了
像一艘船
在大海中
消失

親愛的你會喜歡
海

某夜
從夢的裂隙
透出一些
光

親愛的
那　就是
所
有
的
舞
蹈

——《創世紀》167期（2011年6月）

愚溪（1950-）

留夜別村

大地寂寂一方白
一輪明月在天涯
有處秋霜丹頂亭
少年還至本處　洗足

留夜別村
打開無垠宇宙的星際之門
使大地浮塵漂泊於太虛
在沙劫前等候
少年在如夢般與情人相互執手
在剎那間互相淡溶
於那輪永恆憶念的晚紅
少年揮別冰原絕域的雄阿寒嶽
卻抽不離零下負十三度C
樹冰銀幢有熊出沒的印記
有鶴在銀色的雪地跳舞
有帆在流水的海域打鼓

野付半島湖上的冰床
綻放燦爛的深藍
亙古冰原

被少年留下的那只履

穿透

滑雪的少年在五天銀燭裡

與白色的狐狸相互追逐

化身為濕原之神的丹頂鶴

在霧多布逗弄古卷軸裡

現身《山海經》的那一隻九尾狐

少女的心如寒谷冰岩的隙穴

微細隱動的甜蜜情意在密流

少年龜鏡內鑒　雙泯

少年在冥想

有道白色白光

滲入無垠巨大漩渦的黑洞攪拌

淚濕的霧迷漾的眼神遍布摩周湖

使所有行船的人在渡口迷津

知床　永恆流淌少女純潔淚珠的富雷沛瀑布

斷崖絕壁裡有原生的密境

神奇的五湖經年孕育壯麗的濕原

蘆葦與苔草彌覆

形成主地神的大傘蓋

川流越位　草叢聚落離軌

封印五千年的達古武沼步道

今已被少年發現

——《創世紀》149期（2006年12月）

杜十三（1950-2010）

十字架禱文

一片黑暗中
從虛無開始
想像一顆心
變成十字架
掛在妳胸口
垂直跳動時可以感知日蝕星光與地殼的位移
水平收縮時可以深觸愛情生死與海洋的祕密
在每一次充滿信仰的呼吸之後種子立刻開花
在每一回深刻了悟的嘆息聲中花朵結成果實
因為妳虔誠的禱告灰燼輪迴成光懸崖躺成路
因為妳真心的懺悔鸚鵡開口司祭禽獸齊頌經
黑暗的世界逐漸明亮人類看清楚宇宙即是心
心即是一切源頭是火焰月光是露水是鎖是梯
是夢是希望
是刺是匕首
是一切財富
是一切苦難
垂直跳動時
可以感知到
很高的天堂
很深的地獄
水平收縮時
可以探觸到
很遠的星球
很快的意念
一片黑暗中
從我執開始
想像一顆心
變成十條蛇
纏在你胸口

——《創世紀》144期（2005年9月）

簡政珍（1950-）

瞬間

狗探頭的時候
貓的影子在牆上留下一條尾巴
老鼠探頭的時候
蟑螂正在享受噴了克蟑的米粒

開門的時候
太陽正在窺視冰涼的湖水
草地的露水正在滋潤陽光
晨霧來不及遁逃
一隻小鳥嘴巴含著毛蟲
急著飛入林蔭深處

瞬間，我想起清早搶食乾糧的流浪狗
少了一隻
瞬間，每天滴答的古鐘
停了下來

——《創世紀》170期（2012年3月）

能說與不能說

黃昏無意製造影子
但妳的身影搭訕提早點亮的街燈
不能說是巷子過於曲折
只能說是電燈桿上狗的尿騷味指錯了方向

無意再為影子製造話題
但我在經書裡迴旋的想像缺乏星光
不能說是緣分如過早滴落的露水
只能說是迷失妳的行蹤後我回頭尋找拖鞋

無意為缺席的晨光找藉口
但鳥聲啁啾不一定為了落花而爭吵
不能說的是蚯蚓身上爬滿螞蟻是為了風情
能說的是飢餓的野貓為何還要叫春

清晨有意喚醒自己幻想的姿態
但妳總為石槽裡的積水怪罪風雨
能說的是颱風恍惚過境似乎遺忘了什麼
不能說的是風雨之夜裡躲閃的燭光

——《創世紀》149期（2005年12月）

許水富（1950-）

生活劇場

① 6點3分：往返夢的臍帶。在醒與睡之間優游潛意識

② 6點40分：鏡子中發現今生和前世顯影。並且偷窺一些剩餘的昨日

③ 7點11分：沙拉一盤。陽光半碟。伊索匹亞黑色咖啡一杯。灌溉肉身空蕩蕩的內部

④ 7點50分：掃瞄一顆顆字粒淌出的消息。讀一行行的人生。權位。緋聞。笑聲和燒炭焦味

⑤ 8點17分：聽到隔壁公寓吵架的存在主義。一斤豬肉和一對夫妻的海誓山盟指數成反比

⑥ 9點0分：移動身體和體制對話，洽談知識的出售以及如何在一本教科書的扉頁蓋一棟豪華別墅

⑦ 9點52分：輸血。給一首流產的詩

⑧ 10點10分：手機正在和遠方的數字受孕。語音留言。內容不詳

⑨ 10點44分：讀完聖經和香水，豁然發現偉大都不存在實體的世界

⑩ 11點5分：上廁所。碰到地心引力和安藤忠雄在爭辯人體工學和人性的複雜關係

⑪ 12點1分：40元環保餐。讓內臟朋友們參予抗暖化

⑫ 13點50分：習慣孤獨。靈修半小時。想像現在是尼泊爾。是奧修。是道場。是完整的自己

⑬ 14點50分：日子像墓穴。堆放一叢叢的歷史形狀。扭曲或延長。踩到的都是身體方向遺址

⑭ 15點15分：摸到65歲的時間

⑮ 16點7分：午後漫步到韓良露與舒國治閒暇的小巷國界。發現生活方式裡的粿糕和明星西點裡的俄羅斯麵包口感一樣

⑯ 16點59分：敲打黑白鍵。許多失事後的肉體就跑出來

⑰ 17點30分：目送太陽回家。我絕望的前方。向海子借盞燈。告訴我永恆的高度

⑱ 18點1分：關於晚餐。我可以簡單到剩下浪漫。剩下想像力。剩下巴哈。我的幸福就開始在湯湯水水裡沸騰

⑲ 19點59分：液體音樂開啟一顆放風箏的心。我想飛

⑳ 20點44分：說故事給疲累的今天聽。像搖籃曲安撫受傷的孩子

㉑ 22點15分：掏出形而下

㉒ 23點3分：我夢見一排的明天在等候盛開的情緒

㉓ 23點59分：黑夜從剖腹手術臺發出第一聲啼哭。天就亮了

——《創世紀》159期（2009年6月）

寫信

想念是從一瓣落花開始馴服
我久久握得輕風三兩枚承載
像雨聲筆畫滑下的沙啞消息
您總是遲遲不歸
出走在脈搏微弱失序的崎路
您總以為世事可以是一場庸碌
您忘了人生壯烈是一齣寂寞完成
您把宿命歧義詮釋成救贖
您如此把燙傷辭意吟舞成詩
鋪下我們混亂稀薄凍結的論述
啊。此刻風華莫測裡的枯枝章節
可否容我栽種一畝決決淚水
為您攀扶草率過境的身後泥沼
折疊一箋藏匿好讀手稿
細細咀嚼我們輕輕迴盪的滄海

——《創世紀》158期（2009年3月）

白靈（1950-）

演化

夢想是非常毛毛蟲的
做繭正是翅膀的
哲學，綑綁自己
在無法呼吸的時刻
飛　才開始

——《創世紀》154期（2008年3月）

流動的臉

　　沒有固定的臉，從出生就不知自己確切的模樣，我的速度即是雲的速度。日月山說從我臉上可以看到他自己，巴燕峽、紮馬隆峽、和老鴉峽也這樣說，金剛崖寺的塔尖倒在我臉上只不過一千年罷了。

　　昨日來過的藏女又到我臉頰邊來照亮她自己了，她的祖母也是，她祖母的祖母也是。犛牛們也來啃我的臉了，我突然由一雙牠們的眼珠子看到自己的一點點影子，真的只有芝麻般一點點臉皮，不斷閃動的一點點臉皮，我真的沒有固定的臉嗎？

　　我也想去藏民們口中的塔爾寺匍匐參拜，叩頭十萬次，雖然他比我年輕太多太多了，我，應該有幾千還是幾萬年那麼老了吧。但即使我把我自己撞得鼻青臉腫，從額頭到臉頰到下巴拉長了幾百公里那麼遠，甚至變形到不行，依然無法看見他的大小金頂。

　　匍匐去參拜了一年的老藏民回來了，蹲在我身邊，用我的臉來洗他的臉，我跳躍著流過他的眼睛，終於也看到，他眼珠中還沒熄滅的大小金頂。

　　我滿足地放他離去，繼續以雲的速度向遠方奔去，繼續流動我的臉，成為一條在風中漂泊的哈達。

　　我沒有固定的臉。我是湟水。

　　註：湟水，在青海省境內，黃河上游最大的一條支流。

——《創世紀》161期（2009年12月）

沈奇（1951-）

塵緣

打開一把鎖
再將它鎖上
然後
鑰匙丟了

誰的鑰匙
誰的手

你不說
我也不說

——《創世紀》157期（2008年12月）

青衫

其實早早就嫁了……

嫁與風的小女孩
身兒輕
心思重

莫問夢歸何處？
藏起舊衣衫
待月影青青

——《創世紀》157期（2008年12月）

陳育虹（1952-）

我告訴過你

我告訴過你我的額頭我的髮想你
因為雲在天上相互梳理我的頸我的耳垂想你
因為懸橋巷草橋弄的閑愁因為巴赫無伴奏靜靜
滑進外城河
我的眼睛流浪的眼睛想你因為梧桐上的麻雀都
飄落因為風的碎玻璃
因為日子與日子的牆我告訴你我渴睡的毛細孔
想你
我的肋骨想你我月暈的雙臂變成紫藤開滿唐朝
的花也在想你
我一定告訴過你我的脣因為一杯燙嘴的咖啡我
的指尖因為走馬燈的
夜的困惑因為鋪著青羊絨的天空的捨不得

——摘自陳育虹《魅》二○○七，寶瓶
——《創世紀》163期（2010年6月）

潘郁琦（1952-）

君盟
——遊印度泰姬瑪哈陵

赤足
屏息地流連
雲在浮躍
大理石的地上
盡是冷冷的
紋
刻畫著
未曾止歇的呼喚

蒙兀兒王朝
是一個風中的名字
那個名喚沙迦罕的王
猶然
戟峰而立
尋找泰姬的背影
捧著炙後的悲涼
抹拭著最後的一滴
清淚
時間
已是無邊

無界

曾是塞外是邊關
是他風中逐日的奔馳
天地無寐
而大漠的落霞
以及孤煙
驚動著大草原的根源
鐵木真轟然雲湧的蹄聲
依然動地而來
捲起了
一縷荒原的笛音
裊裊
在交錯的流淌中
寫著時空

如果說
他執著地
守著歲月
堆疊思念
以二十二年的金石鑲嵌
細工雕琢著
生死之約

鑿痕細碎的聲浪跌宕
她在石中靜臥
等候再生
生死界中
每一片大理石
都在雕花的支柱上
織造著王者
風中緩緩道出的盟誓

泰姬
猶在聆聽

——《創世紀》151期（2007年6月）

渡也（1953-）

天問

最後一日
水的熱情湧入壺中
我開始演出

緩緩，伸展身手
生命飛躍，輕輕
　　　　　　　飄下
如芭蕾舞者
世上所有茶葉皆
如此

慢慢，沉，沒
我在水中遇見
前來看我的
茶樹、茶園和高山

香
是我一生所有的血液
是我臨終的
一句話

這，應該也是一種
投水自盡
就像薄如一片茶葉的
屈原

——《創世紀》174期（2013年3月）

夢

大一下學期某日下午
趴在教室桌上巨大的夢裡
被老師叫醒時
已是大四下學期

畢業多年
三十歲的陽具終於結婚了
婚禮上花童好面熟
喔！原來是孫女

三十五歲那年某夜
與妻行房後
趴在巨大的夢裡
忽然被嘈雜的聲音叫醒

喔！原來我躺在棺中多年了
子孫和誦經師父正歡送我
駕鶴西去

——《創世紀》152期（2007年9月）

林文義（1953-）

致：沈臨彬

詩裡的黑髮男子
從梧桐樹暗影走來
灰髮的凝滯
我無語的彎身拾起
一片失血之葉

詩裡的浮蘭德
遙想美麗的方壺之海
東北季風呼號冬寒
你的年少宛如夢中
青春烈愛綣繾狂潮

詩裡的秋牡丹
溫柔與暴烈
美德及背叛
我半生思索關於
你獨特的黑夜顏色

短暫禁制的高牆外
秋天飄落楓葉的小街
熟稔的靜謐與甜美

只有收藏的手記內頁
誠實你遙念之深海

生命幻聽或者壓迫
莫非自許是唐吉訶德
妄想對抗巨人般的風車
悲壯而艱難的孤獨
戳印在四十年前的封面

我們在梧桐樹蔭坐下
秋午陽光麥色的暖
濕熱湧浮我的眸間
凝視你終至無言……
黑髮男子一夜灰白了

——《創世紀》155期（2008年6月）

陳義芝（1953-）

大風歌謠（九選二）

之二　你看見自己

此岸是汗水的煙渚
對岸是蝴蝶的精魂
此岸是浮雲的漂木
對岸是月光的水瀑

你在荒山野嶺找棧道
在寂天寞地找斜長的樹影
在黑夜如哭的日子
扭絞自己成握拳的漩渦

你看見自己
在一隻壁虎與
一行螻蟻的隊伍裡
為白牆懸張
一條死亡吊索

之九 死者與苟活者

無法想像這裡躺的是什麼人
被戰爭驚嚇三十年
被槍聲追逐三千里
躲在陰影生活又三十年
無法想像他
守衛的陣地是誘敵的餌
藏身的土地公祠是敵軍紮營地
生鏽的獎章是一隻斷臂換來的
被俘，給了他一紙退伍令

戰爭遺棄平凡的青春
忠貞遺棄纏綿的老病
當一生的痛也遺棄他的時候
他把刺刀戳過子彈射過軍令欺蒙過的
身體交給荒涼的山頭
一個再也沒人追趕的地方

定期來看望的只剩下
像他一樣
苟活在陰影裡的家人

不定期的還有山頭的
烈日，風，和雨
全不知戰爭是什麼原因
苟活是什麼原因

——2006年7月23日抄寫於臺北
——《創世紀》148期（2006年9月）

鍾順文（1953-）

一張河流

水流停在牆壁上
動的竟然是那些牆壁的裂痕
甚至急流在歲月的腦袋裡
不停

告訴所有牆縫裡冬眠的塵埃
該醒轉浮游了
趕在心裡的市集收場之前
喊叫黎明的睡臉
收市

——《創世紀》152期（2007年9月）

楊柏林（1953- ）

故鄉

地層下陷後
我們能到天堂嗎？

當黑暗降臨
星星是否還能變成
螢火蟲
集結到遠方自然的森林

通往城市的木麻黃道
路　已經演化
成為湧向大海的河

阿嬤父親母親鄉親
合建的功德塔
遷移那個陌生的高點

幫浦仍在拉起水花
滋養一群黑壓壓的
黑壓壓鰻魚像極了
沉入臺灣海峽　底
濕地

五十年前
我與母親赤腳徒步
沙灘三千六百秒
才到落日採蚵的故鄉

某天
鯨魚橫躺小河上方
取代凋零的木橋
飢餓用死亡填飽肚子
村落與都會悲劇銜接

現在
繁殖僅剩影子拾穗
西北風嘲笑脫褲的地表

防風林在火口自焚
風飛沙為鄰村正名
而金湖坐落
萬善爺滅頂
鳥不願生蛋的地方

——2011年6月於伊斯坦堡
——《創世紀》170期（2012年3月）

劉小梅（1954-）

情人節

街上無人
除了
夜

願意陪我散步的僅有
雲
剛剛認識

我們結伴同行
誰也不聒噪
各想各的
倦了就分手

回到家裡
打開燈
冬　正坐在沙發上
等候

——《創世紀》159期（2009年6月）

詹澈 ﹙1954-﹚

歸園

1

走過黃山
腳下的雲
都往上生根
去尋找歸宿
頭上的松樹
都走下岩石
想到歸園

2

川震的漣漪停在山腳
不忍上山。
忍住冰封的胸口
還有一條慈悲的小溪——

金融風暴從太平洋東邊滾來
金錢遊戲的惡浪
在雲霧間止息
無損徽商歸園的寧靜
這裡

如天府裡的天井
一個絕色的女子與
一個覺世的詩人
再造這靈魂深處的家園

——《創世紀》158期（2009年3月）

方明（1954- ）

咖啡館拼圖

將生命的無奈拌攪在杯中的
黑海　悠悒的午後
隨著香頌的韻調讓手裡的湯匙
微顫著相同的節奏
呷一口塵世的炎涼　聆聽旁鄰愛情之困倦
氤氳裡浸溢著存在的湛濁
歲月從我們的茫然無知開啟
然而航渡的坐標愈遠愈枯燥難耐

曾經熟稔的體味　某場所相識的
空氣　重疊在記憶的匣子裡閃掠
此刻，跳躍的時空最騷動
或想尋覓另一次傷痕的邂逅
讓宿淚淌滴在苦澀的杯緣

當歸鳥啄唳初升的月華
這裡爬滿慾念的顧盼
不安的孤寂開始魯莽
猙獰互扯襤褸的慰藉
只有隅角詩人的目光接銜著
似禪似佛的失去
樂土

——《創世紀》148期（2006年9月）

流光之傷

用日光月色曝晒的慾念細數著
用春夏秋冬惑迷的色盤細數著
用漸皚白雙鬢乾裂的荒蕪細數著
用朝代歷史的異象因果細數著

用情人腐蝕的諾言細數著
用潮汐捲濺的浪花細數著
用雨敲窗扉漸黯的黃昏細數著
用漸老的愛情被圍築成無奈的疏離細數著

用澎湃心靈繭生的硬度細數著
用宇宙赤裸原始的爭端細數著

用容顏　用古今聖哲的茫然
細數著

——《創世紀》148期（2006年9月）

于堅（1954-）

便條集（二十則選三）

四一八

一行人會議後走進野外
青山　水庫　花香
寫詩的坐在山坡上說話
回頭瞥見
馬龍縣的刑警老李
在對面的樹林裡採杜鵑花
他抬手去摳的時候
腰間的手銬時隱時現

四一九

風亂吹
把東方的事物吹向東方去
把南方的事物吹向下面去
把潮濕的事物吹到已經暴露的地方去
把鐵製品用灰塵和布裹起來
水泥大樓有點顫慄了
中間的被吹向一邊去
有一隻塑膠袋獲得了阮籍才有的那種狂
萬物都失去了方向

風亂吹　街道驚惶四散
窗子集合的時候
購物大軍頃刻解散
一個女人把受傷的腳放進
盛蘋果的籃子裡
一條鬃毛狗跟著群眾
走向汽車　有人開張懷抱
牠突然轉身走了

四二三

那天空是我的飛翔所致
比遼闊還要遼闊
如果我的思想停止
這國家只限於護照以內

——《創世紀》151期（2007年6月）

楊煉（1955-）

水手之家（十選二）

岸

水波粼粼作曲　不遠處一架死鋼琴
在潮汐中響著　死水手精心修剪的五指
搖曳　滿房間白珊瑚和康乃馨

滿含最後一瞥的性感　一盞燭火透視
性交的肉體中一個岸透明的結構
我們彼此是錨　彼此是錨地

藍色動蕩的家　一塊皮膚就是港口
我們嵌著的缺口　炫耀大海空出的方向
死船長冷冰冰指揮一場演奏

音樂會就夾在我們大腿間　那流淌
一般血味兒　血淋淋揮舞器官的旗語
那莖指著說　沒別的地方

你能去　你該去　牆上的死鏡框裡
一頭蒙著藍色條紋的獸慢慢逡巡
岸　記住最後一瞥　那一瞥無終無始

午睡的海圖

海面上一百萬個玫瑰園泛起嫣紅
床上　頸窩是精雕細刻的一小朵
別碰那乳頭　讓她去做夢

讓兩個尖　在夢中接受一種薰香的顏色
讓一下午把滴滴溢出的奶噙在嘴裡
此刻摟在胸前的　都是出海的

睡著　這城市也在漂移
波浪的鱗狀臺階上狂奔一雙放肆的腳
迎向耀眼災難的　總是一次深呼吸

滿屋冉冉上升著氣泡
滿屋彎曲的動作　擦過被耳語提前的夜
不問也知道　小憩　正變成性交

人造的一夜中闔上眼就有想要的明月
人　是塊礁石收藏著結束的陰影
為拋棄存在而一股股傾洩

——《創世紀》148期（2006年9月）

向陽（1955-）

寫佇土地的心肝頂
——予　楊逵先生

清風吹，蝴蝶飛，
美麗的土地，恬靜的花。
汝拍拚挖，我骨力掘，
挖開一個舊世界，
掘出一片新天地。

花誠嬌，草誠青，
夯鋤頭，過田塍，
認真勞動拚勢作。
掠病蟲，揀歹物，
用真情，來鬥陣，
汝我全心開墾咱的新樂園。

菊花嬌噹噹，玫瑰嬌滴滴，
茉莉芳貢貢，玉蘭笑文文。
咱的詩，寫佇土地的心肝頂。

——《創世紀》169期（2011年12月）

游喚（1955- ）

散文詩二十四品（選二）

形容 —— 散文詩二十四品之一

課堂上講了兩小時花文學，散步上山巧遇一叢青葙，山風催它，吹它低頭。讀書讀盡花典，經歷花事了。黃山谷欣然會心詠出一首律詩花。

一名女子，偷入花林，讓梅自然落在髮上，只剛剛好裝扮五朵花白，那女子，踩著雲，留下輕塵，何時成為美容院的過客？

一名書生，種滿花園，造滿花船，白滿花髮。只把憔悴折斷在一枝雪白之後。水湄平津，何時再問春的消息？

花兄花弟花東花南花北

哎！久久不見的花惱。

隱秀 —— 散文詩二十四品之二

白霧再次渲染這塊荒地，那一年，那一幕，一隻黑白小貓遭一群野狗分屍，毛，血，泥土，青草香，荔枝樹下，濛濛春雨中，白霧再次渲染這場殺戮戰場紀錄。

白霧輕輕滑過去，好似什麼事也沒發生。

一隻棄養的小狗，嗅一嗅，搖搖尾，感覺有些不一樣又不知道地走了，把荒地走得更寬更野蔓了。

那一年，小貓用柔軟的武器抵抗一排排牙齒，每一口都有

一顆眼珠冒出。血，總是忍到最高點，才沉沒在尖叫裡。柔軟最終與泥土結合了。野狗投降在柔軟的春霧中，臨走前，偶爾有一兩隻不肯放棄，折回荒地，試一試小貓的腿肚腳，猛力咬一咬，柔軟的本質不變，才悻悻然穿過白霧，向頭汴溪去了。

　　小貓最後擠出的一雙眼睛，射出痛與血的銳利目光，向柔軟說聲謝謝，終於安然地閤上眼。

　　白霧無心地又來了，無心地也把這場戰鬥帶走了。

──《創世紀》157期（2008年12月）

墨韻（1956-）

陽光

想搬把椅子請您坐下
除了海面　您哪兒也不久坐
除了人們的眼神
坐下時什麼也不瀏覽
生性直接了當的你
目光總是單刀入裡
或縱或側
剖吸著內心的各個維度
有限的日子
都經你無限的切割殆盡

詫異於你的冷疑果斷
下回來時應狠狠綑你成束
當作瓶中靜物供養
然而總是隨來隨去
如瓶花隨開隨謝
只留下思緒的枝幹供人憑弔
即使生命的寶瓶亦不曾留駐
總以為你很神氣

但有時也發現他獨自一人

在黃昏的街角遊走
遁入末巷一如胡琴走向月夜深處
如死之無聲無息
曾在水畔跳過華麗的青春舞曲
隨手射箭如遊俠般
夜黑帶來失神蕭條的容顏
因為看不見而無人知曉

春天來時
你自天際如雪融後的春泉
翻唱著復甦的曲調
人們說
若晚年生命河床還有漂流的種子
就在河岸種樹成林
日日與你並肩而立形成連綿不斷的倒影

——《創世紀》150期（2007年3月）

楊平（1957- ）

極樂不遠

有山非山
拈花人捲髮推窗，品嚼
一句句散落夢境裡的詩香

似浪飛浪
一襲白衣冉冉的穿過燭影小巷
但見濃雲覆月而我心抽悸

當四時流轉　天地早已交歡
妳我還怯怯的等著鈴響。茶熟。忽焉的狂風
撕去千古包裹的輕紗

隔著半透瓏的翡翠屏風
極樂不遠
惟我們都怕受傷

——《創世紀》148期（2006年9月）

山

夢中，輕柔席捲我的不是妳
因熱起伏的線條
我底十指剛剛隨著琴韻拂過山丘
有些蓓蕾就這樣的成為春神口中的歌
妳說妳聽見了什麼
詩句都成了咒語
溫柔的進去
出來便是燃燒的音符！
有人如貓捲曲，有人成為狂喜的舞者！

而我（妳很氣：）
脣角的笑意再神祕
只因眼前的山，一會是
一會不知道，是不是

——《創世紀》148期（2006年9月）

蔡振念（1957- ）

韶關・南華寺

這裡是歷史的缺口
被貶謫的靈魂游離
出關，北江一路嗚咽向東
撿拾掉落兩岸的詩句
張九齡的鄉音已被
滿街車聲摺疊在書頁中

挑柴擔水，明鏡無物
只有一部壇經說到今
不壞的肉身真能見證菩提？
滿寺男女，一炷馨香
都願
　　　是非煩惱不到我

註：南華寺為禪宗六祖慧能弘法之處，今有六祖真身。

—— 2006年8月27日廣東韶關麗晶酒店
—— 《創世紀》150期（2007年3月）

孫維民（1959-）

羿說*

　　唯一的太陽穿越雲霧回到樹上在黑冷的空氣中企圖閉目休息他聽見遠處嬰兒啼哭丈夫掀被起床打開廚房的燈蟑螂像大風逃竄巷弄裡一輛賓士暫停二十五分三十九秒少女剛剛下班踩著高跟刷卡走過中庭的瓷磚月光

　　我吞服連續處方如用聖餐撲滅背脊的火主啊將我接回你的枝幹在遺落靈藥的深海我被一條古魚翻轉厄運繼續浩蕩前行左腦將要生產瘋狂而隔壁有人堅持面對液晶偶然進入某個自殺防治網站此時在線人數1

　　註：淮南子本經篇：「繳大風於青丘之澤。」

——《創世紀》154期（2008年3月）

嫦娥說

那時
失去重量的衣裙
在太空中翻轉
遮蓋了我的頭臉
唯聞良心的箭矢
如蠅，或蜂
追蹤而至

我彷彿看見羿的眼瞳
其中的衰敗朽壞
像枯井裡的垃圾：
魚鱗、陶片、骨笄、貓屍⋯⋯
若干年後
只有一個他愛的人
讓他再死一次

雖然他酗酒、浪蕩、暴躁不安
也早已被帝俊驅逐
（我曾聽他胡言妄語：
「我的神，為什麼離棄我？」）
他的學生及奴僕

仍要以削尖的桃木
刺穿他──

凡間的一切，啊
那一切，我如何可能承受？
我是永恆的女兒
原本居於仙鄉。墮落
並非我的過犯，是他──
所以，我要飛升
尋回失去的樂園

此刻
吳剛又在伐桂了
零下183℃的低溫
徒然的斧斤聲
是否傳至地球
如一夏日午後
啄木鳥的工作？

從月宮觀望
地球始終是在上方
（難道我是向下奔逃？）
圓亮且大的玉盤
於綴飾星點的桌布上

裝盛著草綠、土黃、天藍
我遠避的種種……

——《創世紀》154期（2008年3月）

孟樊（1959-）

在我的書齋打新注音輸入法
——戲擬孟樊

友時紅色太多，或者藍色過濃
孤獨是洶湧澎湃的調色盤
架上放，桌上擺，風吹一陣又一陣
錚錚淙淙蜿蜒的膝潤窗前流過
是黃鶯鶯明還是秋蟬鼓譟
一頁扁周緩緩滑過
在伯伯夷業的雅嫻裡

洩漏的琴音五彩繽紛
從蕭邦道德布希
婉如萬碼奔騰於山或的抽象畫一幅
扛起綠草如茵的整面牆壁
做對偶爾失眠的疲憊
難免感官之必要，或者
溫柔之必要

小說進，散文出，盡盡出出
馬不停蹄的感覺像調色盤
玫瑰花家橡皮擦錯落有痣
遺漏的字句，彈錯的音符

向邱天剛過完的心情
有極有徐的呼吸也會拍子布衣
五顏六色盲亂成一團
泰山壓頂是萬里長城般的書頁

橫面而來，理論白，批評黑
文學紅，歷史清，無言被隊
政治社會則不分青紅皂白
隨手拈來桌前
仙人掌一株
攤開
再攤開
掌中詮釋

雪
午夜從窗外飄進來

——《創世紀》153期（2007年12月）

陳克華（1961-）

不斷抖動抖動的消失

萬里無雲的晴空當中
我們就這樣無能為力地分手你朝你的方向
我朝著我的

但我回頭看了看你而你
並沒有

你只是在我不斷抖動的視野當中一直不斷抖動
地縮小
（想必陽光刺傷了眼角膜）
縮小縮小一直縮小

而始終不肯消失
縮小再縮小

而始終不肯消失
縮小再縮小

而始終不肯消失
縮小再縮小

而始終不肯消失

縮小再縮小

而始終不肯消失

萬里無雲的晴空當中……

你只是一直不斷抖動地縮小縮小

——2004年3月9日

——《創世紀》153期（2007年12月）

黃梵（1963- ）

花蓮的海

花蓮不停下雨，海因風更加生動
我望見海裡有無數舌頭，
它們想說的話已經凌亂。我覺得
我身處的懸崖，也是海的一部分
它像浪，竭力把肩聳得更高

我也是浪中想游向岸邊的一片舌頭
我講出的往事已開始消瘦。我相信
我能說出的空虛，連海也填不平
我也是花蓮海上的那些漁船，想磨平大海這面鏡子
生怕變皺的鏡面，會把更多的人淡忘

我來到海邊，成了找明鏡的人
微醉的海水，敦促我做一隻負責任的酒瓶
當我行進在雨的長髮之間
我想，沒有水的陸地，還能靠什麼壯膽？

越靠近花蓮的海，我需要的睡眠也就越少

　　註：花蓮縣有臺灣最美的景致，山海一體，如夢如幻。

——《創世紀》172期（2012年9月）

鴻鴻（1964-）

一路獨行

誰可能在一支舞裡

保持清醒　誰可能

在接吻時

記得呼吸　誰

會記得他的病歷號碼

當他躺在馬路上

的強光裡

約會時我一

直看錶最後

一班捷運該

已抵達前四

站我試圖用

一站的距離

多了解你一

點兩站確認

下次見面的

出口一站跑

下停了的電

扶梯同時你

已經好整以

暇地把你的

一生封在信
封塞進我的
上衣內袋本
列車的終點
站是要換車
的旅客請在
最後一節車
廂請關手機
車就要開了

一路順風

——《創世紀》148期（2006年9月）

下小雨

下小雨
快開雨刷
看不清楚
路好大

蝦子在跑
我剝牠
戴眼鏡的女孩在跑在跑
拿一束向日葵的男孩在跑在跑
就這麼跑過去了
誰的傘在地上滾來滾去
小雨停了
那些人沒有一個是在追她的

不能停
有人一停就消失了

路上晶晶亮亮

——《創世紀》148期（2006年9月）

黑芽（1965-）

保養品

今天微笑30度出門
準備撿一些　蟬聲　樹聲　風聲　鳥聲　水聲
回家
　　保溫。
好　睡前
敷臉。

——《創世紀》159期（2009年6月）

洞房花

我
　　將
　　　黑
　　　　脫去

在寒冬

用一種很私人的配方

做古老的事

——《創世紀》158期（2009年3月）

李進文（1965-）

英雄轉業

月如鉤，好掛劍⋯⋯
然而昔日時光饞而且刁
像獵食性的禽鳥
掠走一聲長嘯

刺客砍下一截枯木靜靜地削
月光一匹一匹倒在荒野
荒野一片一片飄落心內
他哭，已枯的背影不褪豪傑本色

北風呼呼
狼煙把天空丟高扔低
江湖反而顯得小家子氣
容不下正義

夢是一冊祕笈，去練就是──
就當作人生七十才開始

刺客若無其事，他削著一截枯木
腰插一支天使銀的手機──
甚深微妙之暗器。當黑鷹

盤旋忽高忽低

手機乍響，客戶來電。
一霎時神靈附體，彷若冬雷震震
心跳
跳到地面像擲筊
天地合，誰敢與客戶絕！

刺客浪跡，去哪裡呢？
彤雲飄來一句：說是不說，否則
劈你！口氣霹靂
像老闆批考績

枯木削成箭，其利
一如修辭陰險射去──咻咻
連擲四十，招招要命
冬已枯過一個英雄，所幸
還有第二春：
幹刺客，以營生。

──《創世紀》145期（2005年12月）

各種照明設備

其實無所謂，亮不亮或美不美……
別把世界想得太光明因為它躲在暗處
把星星的彩度調到哭
每調暗一度感官就少掉一件，在人間

人間每消逝一個人，就會在另一個人深邃的體內
亮起一盞燈。然而
然而在最最闇黑的人間住著不生不滅

各種照明設備布滿神經系統，飄浮血海
潛入心，點亮眼
人間座標上這裡熄了，必對應體內深處那裡亮了
亮，不是多麼天大的亮
依領悟之層次，一層一層擴及百千億

細胞是各式各樣的照明設備熄熄又亮亮
其實無所謂暖或不暖
別把肉身想得太黑暗，因為它站至亮處
把太陽的彩度調到笑
每調亮一度就誕生一個希望

人間每誕生一個人，就會在另一個人深邃的體內
熄掉一盞燈。然而
然而在最最光明之境住著不生不滅
這裡亮了，那裡熄了
其實無所謂各種照明設備，因為愛不生不滅

——《創世紀》150期（2007年3月）

須文蔚（1966-）

木頭人

才數完「一、二、三」，一回頭
酒宴裡的英雄一聲招呼都不打
離席匆匆勝過月亮跳躍過山谷的光速
無聲的星河流向幽靜的夢土

夢中摯友的豪情全變成啞謎
默劇般把禁毀的詩句一路唱到天明
江山如受困在海濱的座頭鯨
救援隊迷途於蒸煮謾罵的文字暴雨中

才數完「一、二、三」，一回頭
二十年的青春歲月是大地一聲驚雷
猛烈撞擊鐵屋緊鎖的門窗
閃電迂迴江畔竟夜朗讀萬言書

童話裡的木頭人停止謊言
依稀在殘響的雷雨中聽見：
　　此身雖在堪驚
木偶用殘損的手指打開鐵門
顛躓在荒野無人的黎明

後記：五月旅次香港，竟夜閃電上萬次，狂風驟雨，有感時局而作。

——《創世紀》178期（2014年3月）

悄聲

妳悄聲把故事播種在我的耳膜
一瞬間突然長成萬頃的蒲公英
充塞了我每一分的聽覺，於是
我不能言語　不能感嘆
在失語症裡專心傾聽夜風的低語

妳悄聲把故事播種在我的皮膚
一瞬間突然長成萬頃的蒲公英
充塞住我所有的毛細孔，於是
我必須用更多的思念去解答
翻飛在藍天下無數的謎語

妳悄聲把故事播種在我的視網膜
一瞬間突然長成萬頃的蒲公英
充塞了我每一吋的視覺，於是
我調皮地吹開小白傘讓妳的寂寞
喧鬧在夏日星光泅泳的海面

在妳離去的下午，夕陽
凝固海浪與記憶在海風的變奏曲中

——《創世紀》178期（2014年3月）

方群（1966-）

西雅圖咖啡與我的邂逅

濃郁的楓糖起司蛋糕，糾纏著
咖啡昇華的溫醇午後
一個老外微笑上網
二個上班族隨性聊天
三個詩人各自尋找逃亡的靈感……

落地窗外——
剛下課的小學生穿過車輛的縫隙
我在臺北的某個角落
隨著手錶的刻度移動與覓食
習慣以刀叉支解失眠
相信咖啡能治療莫名的寂寞

——《創世紀》146期（2006年3月）

嚴忠政（1966-）

此後，不及於其他

我在喝南瓜湯的小館
想起單身時的父親。他那時還不知道
我的模樣、我的味覺⋯⋯
乃至現在，他的不在

他那時還不知道
就像我有一天也會不知道
兒子搭幾點的班機，飲食起居
雲霧，世界各地的天氣
凡備忘錄上的，從我的忌日算起
全都是雲豹，牠們矯健，不喜人煙
更不用欄位

會有那麼一天
賣場和叢林都行走著易怒的動物
或者人工智慧也能辨別愛與死
甚至像父親，有一對大耳，性好酬神
要我對想像中的
都要有一些禮貌
然而此後有那麼一天也已經不再是
我和父親的一天

——《創世紀》162期（2010年3月）

屬於太平洋

浪沒有在前方止息
眼前等待的彷彿就要穿透

原來我可以這麼透明
而他們的祖靈也是這麼暗示著
看浪怎麼來，就怎麼踏起豐年祭
然後寧靜地接受四季，穀場，玉米
以及獸的蹄

浪沒有在前方止息
我被沒有盡頭的遠方邀請

海藍藍的蒙起我的眼
要我去捉四面八方的故鄉與聲音
其中有人與我面對
像兒時玩伴單純站著
等待我觸身
但不置一語

——《創世紀》162期（2010年3月）

劉正偉（1967-）

三個字

說不出口的三個字
曖昧，在我們之間流轉
盯著螢幕的游標
多麼希望下一個字出現我
那將會讓人心跳加速到一百八
第三個字代表我的你
就算以和稀泥的泥字代替
我也能立馬感應

至於躡手躡腳的第二個字
許多人讀來總是彆彆扭扭礙手礙腳
礙曖瑗嬡碍，唉
既期待又怕受傷害的第二個字
積累了數萬種情緒的醞釀
損耗了多少個夜晚的嘆息

讓人屏息以待
足以令人窒息的三個字
千萬千萬別說出口
一旦冒出了芽
春天就要啟程去旅行
有人就要開始去逃亡

——《創世紀》173期（2012年12月）

中秋過後

中秋佳節，戶戶烤肉
煙燻黑了嫦娥千年粉嫩的臉蛋
吳剛伐桂烤焦玉兔，就失去蹤影
月宮，就更荒涼了

自從阿姆斯壯衰老後
再沒有補給船開來
秋節過後，風雨驟至
大家忙著約會上班划手機
再也無人抬頭望月
嫦娥，依舊死守廣寒宮

——《創世紀》178期（2014年3月）

顏艾琳（1968-）

光陰之果

那蘋果太香，太美
人們捨不得享用。

時光卻開始修正它。

一只安靜的水果，
體內聒噪，
腐壞的道理
在歌詠美麗的生命

那蘋果是一只小小的
封閉的租房，給了時間
去閉關

──《創世紀》148期（2006年9月）

紫鵑（1968-）

拉皮女郎

千朵花瓣
濃縮成回春的稠汁

她用面膜
拉回青春

稜線記得透亮
潔淨遮斑莫留疤

吃了宮保雞丁之後
嘴角細紋　不可受風寒

她要穿上馬甲繼續興風作浪
她要吞下英文日文阿拉伯文拉丁文

塞進黑色束褲　縮肚　提臀
蹬著高跟鞋　頭髮長鬘配朵曖昧花

妙語如連環砲彈亂灑
沏一壺梅花橫溢熟香

——《創世紀》155期（2008年6月）

慾念方舟

金色山嵐
湧出川流的泥漿

我學習臨摹
小腹以下的暴雨港

晝夜深海狐仙
她是　一闋宋詞

天堂潔白了
縱然邊陲有岸亮光

誰會記得
破曉前擠牙膏刷牙

除了防風林外的唾液
我們習慣　空翻

極盡開鑿每一吋肌膚
弄潮　再撒網

——《創世紀》155期（2008年6月）

紀小樣（1968-）

米國鼠譚

「落葉完成了最後的顫抖」*
秋天擠爆了我們的穀倉
可憐如鼠的穀粒瑟縮在幽黯的一角
它們喋喋不休的談論
那顆不死的麥子；然後開始譏笑
那個被權力閹割的老太監
膀胱裡還卡著
兩顆興奮的子彈
而牆壁迴響著老鼠大聲打嗝的聲音
唉！確實比貓叫難聽……
但能有什麼辦法呢？
關於老鼠的罪刑，已經吃飽的
貓也懶得宣判。只是碩鼠啊！
可憐的碩鼠啊！沒有人來為你們
開減肥班；吃完了最後的穀子
請仁慈一些，不要再咬我們的布袋
——在一無所有的穀倉
我們還要畜養肥沃的飢餓

　　註：瘂弦〈秋歌〉的起首句。

——《創世紀》146期（2006年3月）

與腎無關

與腎無關
對於腰部旁邊那一對扁卵形的器官
我有一種無法言喻的愧疚
與快感

與腎無關
我的家莫名其妙地
住在一塊「專治
　　　　　陽萎」的招牌後面
所以我的青春期
比一頭成年的長頸鹿還長
也就不足為怪

與腎無關
聽說三十年前
我還是一隻貪婪的哺乳動物
而每次在木柵動物園裡
我最想要看到的就是
大象做愛

真的，與腎無關

未過門的妻子安詳欣慰地
睡著了
孩子誕生的那個下午
命運臍帶被剪斷的那個早上
為我尚未命名的女兒換尿布的某個護士告訴我
我小時候最要好的同學——那個同性戀的
婦科醫生，在手術室中
一連吐了七口
比精液還濃的
痰……

——《創世紀》146期（2006年3月）

唐捐（1968-）

情詩三種

啊，我的老婆是一輛神秘的機車

> 我將繼續去愛妳，雖然我已不知——愛是什麼……
>
> ——楊澤

我深，深愛著的一輛機車
——極可能並不愛我。鈈
鈈有虎狼般的皮革，灰熊
厲害的火星塞（神樣的心）
啊，文茜姊般瘋狂開罵的引擎
——鈈是多情多恨的。我相信

每當我跨上鈈。便感覺到我的
小器，與粗糙的虎紋、狼皮
艱難磨合的痛快，與不堪……
每當我跨上鈈。我便有著必須
從貓鼻頭衝到鵝鑾鼻，再進一步
（想方設法）衝到麻六甲的念頭

喔，我跨著、催著、深深愛著的
機車喲。請鈸也微微愛著我吧！

如鈮允許，我願費盡三輩子的財力
來改裝鈮——北市買長鞭（可旋轉的）
南市買菜頭（凍蒜啦），西市買了
電子嗶，東市買了叫做 FEELING 的軟體

現在好了。換鈮跨上我吧，我感覺
胯下的火星塞大聲地說了一聲：GO！
血和油在管線裡交流，肝膽間布滿了
好看的電路板。我終於淪陷了——
在不知「愛」是什麼的此刻，是鈮
（生化機車人），用新的愛改裝了我

> 附註：〈木蘭辭〉：「東市買駿馬，西市買鞍韉，南市買轡頭，北市
> 買長鞭。」

菜花黃的野地

菜花黃的野地
我記得你
機車篤篤穿過
山間小村落
風裡有酒
陽光的氣味
雷聲微微
是黃蜂多情而
甜蜜的泣

菜花黃的野地
美得沒有
意義。誰教
眼前不再有你
酒裡有風
冰糖的滋味
心是巢穴
蜂在那裡釀造
悲傷的蜜

我的蚱的蜢

哦，愛的人，汝其知否
愛汝就像愛著一頭蚱蜢

肥美而敏感的十二塊肌
假面騎士般酷斃的臉龐

不穿絲襪也很迷人的大腿
蜢力一蹬，便消失了蹤影

哦，蚱的蜢，汝其知否
我蚱然愛上一個很蜢的人

——《創世紀》174期（2013年3月）

陳大為（1969-）

京畿攻略（六選一）

京城

清史稿　偽線裝的頁面
真宣紙的暮年
隨手翻到太平盛世
隨手翻到奄奄一息
舊水墨　更舊的狼毫
汽車格格不入地轉進驢子胡同
喊一聲爺
便是京城

天子腳下的青石官道兩旁
故事活活　攤開
在地上
買了本紅花會
買了本洪秀全　我卻目睹
一些歐美術語　像大爺
橫進橫出
清朝糗了　還瘀了下巴
不過全身骨頭依舊十分文言
一堆之乎者也

一堆北洋艦隊
遺囑裡的　三斤廢鐵

於是柏樺寫了首
〈在清朝〉
說哲學如雨　科學不能適應云云
說某人夢見某人
夜讀太史公　清晨掃地等等
柏樺是凶手把清朝肢解
柏樺是菩薩把清朝拼貼
詩人的伎倆瘦了
牛羊　卻肥了
銀兩　有些句子是奸商
騙光我對傳統的想像

沒這麼容易　我說
柏樺　你的清朝
和我風馬牛不相及
但我喜歡那些
短句
比二月河的雍正王朝長

隱匿（1969- ）

怎麼可能

偶爾我們也能抓到幾束陽光
混合雨絲編織成花籃
偶爾我們也能抓到一點霧
將夢裡的鬼魅巧妙掩飾
讓它們看起來接近天使

偶爾我們手上的筆
我們嘴裡唱出的歌
也能擊中敵人的要害
雖然只有偶爾
偶爾我們也能捏造時間
不按照規定過日子

偶爾我們也會流淚
為了別人的苦
偶爾我們連風都能看見
偶爾我們也會愛
就算愛已經遭到妨礙

我們想要的總是不夠
我們不要的卻又太多

我們不斷地推開錯誤的門
偶爾卻能意外地
通往正確

明知一切總是徒勞
我們日復一日
對著同一個方向傾訴
偶爾也有另一個聲音
回應了我們
即使是如此地微弱
即使只是偶爾

偶爾也有另一個聲音
偶爾也有另一個聲音

——《創世紀》162期（2010年3月）

從遠方來而不存到達希望 *

我是個必須從負面出發的人
這是最近的體認

我必須如此
從青苔回到磚
從一塊鏽斑回到鐵
從蛆蟲回到他占據的肉身

時間的意義如果是腐壞
生命與文字的盡頭
一定還有什麼

因此我是向光性生物
一個結論到達眼前
因為光
而淚流滿面

註：從遠方來而不存到達希望——波赫士

——《創世紀》167期（2011年6月）

王宗仁（1970-）

夜讀

肉身是漂浮不定的船隻，我在繁複的文本瀚海中隨字句流動，時而停佇，尋找浪濤間那個稍縱即逝的喻示泊點。

而究竟是誰背叛詩篇，偷偷敲破了燈塔的夢？我反反覆覆地以想像張帆，用思想鳴笛，卻來不及擦亮任何一片，隔日的陽光碎屑……

——《創世紀》144期（2005年9月）

教堂所見

聖徒銅像被鴿子啄走了眼珠，廣場石板上亙久的誓言就此沉默，許願池裡卻有錢幣被尖囂慾望應聲彈起。莊嚴儀式早已結束，建築物內，風琴卑微地舔舐昨夜殘留的餅乾屑，十字架因為太過憂鬱而癱軟成一條──吐信的蛇。

「其實，忘了定時禱告，才是真正的美德。」

蠟燭才剛想要背叛光，七彩壁畫就瞬間悲傷成黑白。長板凳下笑翻了一堆道德。我閉上眼睛，用血紅的淚水懺悔……原來世上所有的愛情，都僅只是，殘缺的憐憫……

──《創世紀》144期（2005年9月）

鹿苹（1970-）

給我一個風的形勢

我想用一種
風的形勢生存著
讓人抓不著
看不見
我想愛誰就愛誰
我想親誰就親誰
風的形勢
多迷人
風的形勢
多多變
風的形勢
來就來　去就去
風的形勢
談感情嗎？
風的形勢
會說話嗎？
風的形勢
會笑嗎？
風的形勢
幽默嗎？
風的形勢

是什麼血型
風的形勢
是什麼性格
給我一個風的形勢

——2007年8月8日

——《創世紀》146期（2006年3月）

可能

我就這麼坐著
把心放下來
洗一洗
　　　放在
屋
簷
上
可能
　　　　　比
　　　較
　　接
　　近
　天
堂

——《創世紀》160期（2009年9月）

我在⋯⋯裡

我
在頭髮裡找到梳子
在木船上找到河面
在飛行中找到城市
在鞋子裡找到分別
於是我
將頭髮藏在鞋裡放在木船上飛行
這樣我就可堂堂的
與河面一同流過
那沒有梳子與分別的城市

——《創世紀》146期（2006年3月）

黑俠（1970-）

貓、蟑螂與捕鼠器

像不曾靠近愉悅的
這次我來，我就不再打算離開
蠢動的妳的肉體了

曾經，一個人
再加一個，等於妳無話可說
所以妳和寂寞一塊暢飲泡在酒瓶裡的街景
然後神離，讓一千個黑夜
同時翻轉兩個人擁抱的睡姿。
翌日的行事曆，妳畫上雲
畫下雨；就是不畫彩虹留下的
一抹睫影，
草原飛舞的脣
在一面無害的鏡子裡直言：
妳比妖嬌的貓，更貓了
除了橫行無阻的鼠輩
妳更貪戀擅於藏匿角落
不停宣示主權與食物的蟑螂

在幽閉的空間節省地死，
捕鼠器紛紛自街尾

走到街頭
談論有害的飛蟲頻頻死於鴻爪這件事

陰溝與獨木橋，
妳說：只是單純地愛上了

──《創世紀》149期（2006年12月）

姚里行（1970-）

複寫紙

翻開書頁
碰巧撞見限制級的場景
衣衫不整的男女
各以肉體複寫彼此的慾望
第一面的字跡工整清晰
完整拓印至下方的紙張
雙雙吻合
字字交疊
唯一皺折
是夾在中間晃動的那張複寫紙
和領取收執聯的讀者

——《創世紀》149期（2006年12月）

龍青（1973-）

月光

床前明月光，是我
聽見最好的聲音
到過山裡的人都知道

這一切，並不妨礙公路
像樹木一樣生長
夜晚來時
天會黑
光是透明的
沒穿衣服

人們點燈
他說今夜很冷
一些微小的聲音透過來
蝙蝠向前飛
花正在開

——《創世紀》177期（2013年12月）

開花

讓他們離開。讓
水想她

做夢的時候我還活著
一直逃走，下雨時忘記帶傘

好像是真的，你來
並且微笑

後來就沒有聲音了

有人在哭，我死了
那麼熟練地
發芽，開出花來

——《創世紀》177期（2013年12月）

范家駿（1973- ）

我想我還是會

試著將自己變淡
才能更薄
每扇門都是悄悄打開的夢
以它的虛線
將我輕輕
逐出這個世界

一個心亂如麻的人
直直走進我的眼睛
時間一再露出縫隙
遠方有人發明了夢
和正確的睡眠

而我不是他
我只是棟危樓
愛上自己的夏天
雨中
身上那片水稻

像是吹過蒲公英的風
從此充滿了方向

寂寞的人把字越寫越小
就快要
看不見它原來的意思
好比愛

讓人緩緩閉上眼睛
就像用盡了此生所有的
吹灰之力
誰穿過它的眼淚

都可以成為眼淚

——《創世紀》178期（2014年3月）

鯨向海（1976- ）

戀人音樂會

巨大的演奏廳如完封的古墓
縱容戀人的遊魂
我在身後常跟不上拍子
戀人不像其他假裝氣質的上流
他（更多時候根本是下流的）
只是攜帶了琴鍵，在心中彈奏
與臺上的奏鳴曲多空交戰
我坐在卑微的一角
被統治著，沒有武器可以抵抗
既要注意逃生門的方向
又被叮嚀注意自己的鼾聲
戀人也是有指法踏瓣之人
鍵起鍵落，愛情已不在原處
有一天他也會指責我
「一共三個地方忘譜四處彈錯嗎？」
巨大的演奏廳如瀰漫的寺廟
每一個音符都在向我說法
縱容戀人騰空的手指
在觸鍵的折光中羽化成仙
縱容我陷入座位深處
像一架失事的飛機對著各位不知所云

—— 《創世紀》142期（2005年3月）

你是永遠不再來的

是你曾帶我去過，那許多美好所在
歲月危危欲墜的獨木橋上，你我是迎面相撞的月光
在黑暗中領略了彼此的想法
朋友，此時此刻，我能燒什麼給你？
這世界已經很久沒有為你俊美的魂魄震動
那枯坐一個下午就是風雨就是雷電的日子
世界上只有兩種男孩
不是煙消雲散，就是引火自燃
如果我們能夠再回到
那些把拳頭揮向空中，不斷尋找海洋的盛夏
窗外飛過是鋼鐵的翅膀，革命之鳥
你要我重新為你點燃什麼？
在無人的夢中醒轉，子彈四處掃射
我多麼想重新
尋回你，被積雪覆蓋的，這些年的心事
那些受凍的馬尾松，森林線上和你一起走過的行蹤
然而我們卻終究彼此錯過了
此去一到盡頭，清晨的陽光依舊美好
閉上眼睛
你是永遠不再來的
二十歲，詩般的壯烈

——《創世紀》142期（2005年3月）

楊寒（1977-）

孔雀東南飛

孔雀東南飛，我們
是不是也有準確的方向
遠離那些惆悵的——
愛與哀愁，測量
時間裡的風速如何襲擊我們的肺腑

孔雀東南飛，我們
在陽光下尋覓自己的影子並
確定心的窩巢
在什麼樣的地圖裡找到方位
在什麼樣的地圖裡畫上自己的符號

孔雀東南飛，是的
我們在情節裡尚未死亡，
在翅膀的舉證下，我們在風中求索
被關心的可能，即使
我們彷彿逃難似的，逃離
啊，逃離時間——

孔雀東南飛，所有的飛行都是
一種想安定下心和靈魂的

惆悵——

我們惆悵。

——《創世紀》173期（2012年12月）

林婉瑜（1977-）

對話

光線消失，喧囂沉寂
「夜晚應當睡眠。」你不肯睡
頭靠在胸膛
靠近我心缺損的地方

日光溫暖，睡著的人醒了
「一天於此開啟。」你卻睡了
頭靠在胸膛
在我曾感覺寒涼的地方

沉默終止，對話開始：
「這是語言，告訴我，你的語言。」
你說話，說
僅有我懂的語言

你的說法
那些聲音
又像音樂

——《創世紀》150期（2007年3月）

遺失

一開始掉了手機號碼
接著，失去音訊

慢慢忘記聲音長相
接著，遺失照片

不慎掉了記憶
最後，掉了愛

情人節夜晚
我翻遍口袋、抽屜
想為他寫詩，留作紀念
什麼都找不著
只好作罷

──《創世紀》150期（2007年3月）

林德俊（1979-）

稿紙練習

音樂是鋼琴的手稿
心跳是音樂的手稿
（格子狀的房間
粉刷著蜂蜜與回聲）

雨是日子的手稿
彩虹是雨的手稿
（誰把透明水滴
織成天空綢緞）
夢是青春的手稿
詩歌是夢的手稿
（綠格紋，筆的眠床
把黑夜復古又時尚）

記憶是時光的手稿
人生是記憶的手稿
（誰把那未能說盡的
始終　說不盡……）

——《創世紀》151期（2007年6月）

達瑞（1979-）

幾點起床
—— 《你那邊幾點》之後

幾點了，你們在哪
失憶的記憶，是否找得到路
燈習慣亮在高處
匍匐的你我，寂寞一致
時間的床很軟，都躺著吧
直到我喊你們起床
以及一次思念的勃起

——《創世紀》148期（2006年9月）

午後

此刻的夢，孤獨而健康著
沒有色澤沒有人沒有突兀的景致……
孤獨而健康地流過你午休的時光，
沒有留下什麼。此刻的夢，
是昨日的剪報、果茶、停車位
是一直無法觸抵的小說結尾……
你知道將會如何你知道什麼並不會有
此刻的夢只是安安靜靜，
在會議之前，充滿哲學意味
而惆悵地告別

——《創世紀》153期（2007年12月）

黃羊川（1979-）

垃圾分類

你抄來的情書是紙類．
你沒帶走的衣褲擺在舊衣回收
你丟掉的理由我卻無從分類；
你留下的味道纏繞我的鼻與圈捲
而起的氣流綑綁我腦海的記憶區塊
點燃火柴以為可以燃掉
卻長出走過的方向

冰箱裡塞滿冷藏的眼淚
控訴的體溫已經過期
吐出腐壞的牛奶
最後一杯你餵
食我嚥下的
愛意
才知道
壓扁的塑膠瓶
藏有一顆生鏽的心

——《創世紀》168期（2011年9月）

周盈秀（1980-）

悼戀四首

1

孩子，如果聽到熊的腳步
請立刻裝死
如果聞到愛的味道
請轉頭裝傻
熊會吃掉你
愛也是

2

這個房間
我只剩下一扇門，
一扇無法開啟你笑容的門。

3

我體內百分之七十是水
百分之三十是你
如果我流淚
眼淚是水，
鹹鹹的是你

4

基本上
量不出溫度的冷笑
突然下了雨
變成一口井
以為要說起青蛙了嗎
我更在意如何兩棲

——《創世紀》176期（2013年9月）

王浩翔（1981-）

我已不適合這裡了

　　曾讓自己堅強得像句俗諺
　　卻還是少了那麼些人
　　懂得其中的意涵

離那些缺口還很遠
但已不須再向前走了
就讓雨霧逗留在這裡
彼此不辭而別

我已不適合這裡了
彷彿才剛到卻又得走了
身上還留有上個世紀的風沙
以及不可示人的病徵

又自時間的表層
刮下了一點點的粉末
所能做的
也只有這樣了

而星月高燭雲膜潛移
這裡又如含羞草合了起來

我卻連碰都還沒碰
就變得更傾陡了

非關風雨和霧霾
我移動位置如隻小蛾
斂翅、屏息，低埋前額
再度舉翅，迎往
仍殘有燈火的地方

——《創世紀》149期（2006年12月）

陳允元（1981-）

分身

為了撤回
埋伏在你身旁的
我虛構的內應
忍著痛　我
甘冒失去最後一名親信的風險
讓他去暗殺

當他銜令而去
眼神
堅毅得近乎矯情
忽然　我意識到
這名親信　其實
也是虛構……

我躊躇著　應該
再虛構一名或更多分身
還是親自尾隨
追殺
銜令而去的細作與刺客？

但我始終沒有勇氣
靠近　那布滿記憶的雷區
或是在巷弄中，以你的蠶影
自己
嚇唬自己

於是
我拔下自己的一根頭髮
拋進窗外的風中，說：
「告訴他們，到其他地方生活去吧
你也一樣」

但我發現
即使，在冬季的暖陽下
自己的影子
似乎變得有些稀薄
像浸泡過的茶包

——《創世紀》149期（2006年12月）

謝三進（1984-）

亡靈

那人已經離開了
你決定模仿他的存在
喚回退場的腳色

拿杯子、走路、提傘
說話時，你復刻他一個
閃爍的眼神
一名說書人盡責
重複隱密的典故

（那時，浩瀚的宇宙
也曾經清澈……）

你漸漸厭倦於這齣
沒有下文的獨腳戲
於是決定為他舉辦盛大的葬禮
模仿他為自己致詞
自己給自己鼓掌
偏偏愛是無法消滅的
況且召喚了千千萬萬個他
卻沒有一個你在現場

（才發現你不過是遠遠

遠遠，與此無關的

題外話……）

那人已經離開

去到與你更無關的地方

留下印滿掌紋的玻璃

每次抬頭，抹去霧氣

你就看見窗影倒映中一只

無法驅趕的亡靈

——《創世紀》177期（2013年12月）

潘家欣（1984-）

預言者

「男人帶她去酒吧，她會流淚
他們將做愛，但不會有結果……」
暮色隨著電影斷續
飄散。沒有人要聆聽

我慢慢理解了預言者的悲哀
因人生並無快轉這一個選項

——《創世紀》163期（2010年6月）

模特兒

我給你們看赤裸裸的真心
你們卻只想要我華麗的外衣

那就拿去吧，都拿去吧
當街剝下它們
留我蒼白的裸體在風中
沒有臉，也沒有手足
假如我必定得忍受這些
那麼請賜予我較長的影子

請賜予我

——《創世紀》163期（2010年6月）

廖亮羽（1985- ）

竊案

難道祕密不希望回頭
一本書一個預言
你必須無時無刻修補答案
這是夢境願意付出代價
買回的內心情報
也絕對沒有潛入的路徑
在旅店地毯埋伏足印
偷渡一個個逃犯
那開了又關的手提箱回憶
隨上鎖話語被提前釋放
你會再次為我翻譯嗎
而我只效忠於你的密語

列車裡的你遺失故事
或許手稿裡有不同的人在做賊
集體行竊一個謎團
試圖讓假象倒轉，念頭植入
玻璃飛濺四射的念頭
遊走於關係崩塌後
建築大規模詭計
長廊無邊無際的意念遞延

心智打轉、杯面傾斜
語言街景一一折起
音調如水滴爆破
城市還在腦海擺盪
守候睡夢裡盜走情節
眼神、親情、紀念日與你
將我誤譯的現實世界

終於再次有了失重的感覺
就像其他造夢人一樣
我們走失了視覺，美夢城市迷離著
廣場衛兵洩露的城牆，圍捕那封信息
正在跟蹤你，像電梯一層層墜落
我們善於回到謊言的一部分
妥當待在誤讀隊伍中
將過往偽裝如保險箱
誘引間諜搜出：有些作家
還未坐過牢，有些書
在暗地裡囚禁文字
而時間該到哪裡接應

或許在暗示裡，我們能像教堂一樣相信
命運，如一只小陀螺
旋轉持續的暴雪，持續死角

虛構錶上的限期，密碼竊走了
保險箱裡傷疤的記憶，彼此的痕跡
以及失蹤許久許久
老提琴吻舊琴音的古典
愛‧情

小縫（1985-）

我在

你昨天在嗎
我在找你然後只好睡覺
榻榻米有一些蠹蟲又生了一些孩子
他們哭鬧我只好又想著你
除了發抖的手我還記得
一些燒焦的廢話在菸灰缸冒著臭煙
臉被燻黑反正你看不見我
只好又開始想你說要和我一起去旅行
我咯咯笑了
你說你是認真的
笑得精神來了早知道別想你
菸灰缸的煙突然燒了起來
我急得流淚蠹蟲急著翻白眼和搬家
煙燻得眼睛剛好適合流淚適合睡覺
你昨天在嗎
我忙著找你然後忘記不能想你

——《創世紀》172期（2012年9月）

阿布（1986-）

鳥事

經過一整個冬天的飛行
我們發生許多鳥事
旅行過一些地方
遇見過一些人
各自喇著悲傷或幸福離開
每當翅膀歪斜
我們心裡知道
有些遺落的羽毛
是永遠長不回來了

而經歷過這麼多鳥事
既然是鳥
還是得不斷飛行
以解放前額的氣流
偶爾也會在天上相遇
嘿，你好嗎
以彼此祕密的語言
探聽氣層頂端的天候
用類似的姿勢滑翔
因為我們是鳥
不管順風或逆風
那也是我們自己的事

——《創世紀》172期（2012年9月）

丰巖（1986-）

Dear，致妳遠走異鄉的日子

寫一首詩遙寄給遠方
訴說妳暫別的故鄉
四面環海的他亦開始體會時差
當離去的身影
在抬升的晨霧裡逐漸被拉長
思念是否仍飽滿在
妳所履及的異國土壤

提筆已是早晨
故事開始於遠方的機場
在時間裡橫跨睡眠
將遐想種植於異族繁衍的國度
如果遙遠的春季
至今仍留下些許殘雪
妳的眼波此刻是否凝結於香榭
與異國人士共同跨越凱旋
隨廣場的白鴿共渡
濕冷的餘春

在一棟法式的老舊旅館內
靜靜讀出他們的脣語

當葡萄掛滿鐵塔
挾帶一顆，我們共同相視過的星
於是妳靜靜的橫躺
躺臥成，夜裡的巴黎
在街景裡開始擁有頻繁的呼吸
與塞納河的咖啡酒館
溫習，屬於左岸派的風情

如果遙望終能跨越時區
在遠洋的訊號裡
是否還曾憶起島的濕熱
與彼此相遇時的天氣
當遠行暫時屬於彼此的海拔
我將妳埋設在
心中存在的法國，巴黎
等待咬字時
被妳輕輕的喚醒

——《創世紀》174期（2013年3月）

余小光（1988-）

當整座海洋背對我的時候

當整座海洋背對我的
時候，你從陽光裡醒來了
揉揉記憶，審視我們
撿拾下午的模樣
——你背對著喧譁
獨自潛入遠方的視線
記得你擁有乾燥的膚質

後來的你演變成一尾
注視，跟隨漁船抵達
不能所及的島嶼。那裡
有純度極高的信仰
關於山靈的背脊和我們
記載在日記裡的瑣事

昨日書寫的舉止，你
還沒有帶走留給我一種
喘息的揣摩，特有的姿勢
讓我們在轉瞬間成全了自己
屬於不被理解的放縱，已經
無法口述。你說沒有誰必須

原諒誰的情緒，所以我們
再次互換角色終於你累了
我不要你醒來

——《創世紀》170期（2012年3月）

謝子騰（1988-）

酒後的邏輯

我的日子在雨中我的雨
在心裡，備忘錄在路邊的跑馬燈
跑馬燈的流火是胎痕
胎痕是潮汐是浪濤是浪人鰺
浪人鰺洄游於夢的海中
夢也不只有海，還有遠遠的山
山也不只是夢，是畫中
濛濛的雨（雨是我的日子）
備忘錄裡的跑馬燈的山中有一瓶老酒
裝在世界最透明的杯子裡
我是杯中的倒影是蛇也是弓
夜有滿月，我開車經過
只有妳的影子不知名地安靜沉默零碎地
阻止閃燈的員警
處理深夜高速的事故（那時
嘉義和臺中或者都微微下著雨），我的日子
在雨中，雨是濛濛的雨
酒中有浪人鰺般洄游的妳。

——《創世紀》177期（2013年12月）

若斯諾・孟（1988-）

__的捉迷藏

在對面看我
出生的表情
是一種在巷子裡
遇到一隻熊的
那片森林
母親的手在緩緩燒著
煙拖得很長
我看著殘骸
旁邊的那隻熊
突然
帶我去溜滑梯下
扒開熊皮
裡面透著星光的
血

我不記得之後
是不是還能叫出
蝸牛的名子
雨在牆上旋轉
前方是
後方也是雨的

纏繞
纏繞
高過了森林的樹
我只好躺下
讓水流在眼睛裡
想著某處的名字

一大片白蟻翅膀
落在臉上
我驚恐地大叫
樹從一百開始倒數
我趴在枯葉上
乾枯的葉
乾枯
沒有水的鬼
在遠方看著我

——《創世紀》168期（2011年9月）

林禹瑄（1989- ）

而我醒自你的夢境

又一座陌生的城市
Dear S，你的耳朵在窗上
有美好的形狀
寂寞緩緩受潮，你聽見
髮間的露珠正竭力地碰撞
光還是斜的，Dear S，
而我醒自你的夢境

但不像你，兩扇門之間
聽見走廊或者一片海洋
Dear S，寫給你的哀傷
該不該有句點像你的吉他絃
被一枚休止符拉緊、繃斷
如果你的城市再容不進
一盞鏽蝕的街燈；
如果我的早晨此刻開始落雨

而我醒自你的夢境然後
看見你的雙眼，在鏡中
啊多麼形似一把傘在水底濕透
Dear S，陰雨之後

我還能看見你如看見
你所在的沙漠還能
在指尖好好養大十株仙人掌嗎

我是否能還能晾乾你的名姓如果
Dear S，通往你的路沒有哪條
是乾的。

或僅是這座城市，我行走
其間像一柄迷途髮間的梳齒
但你的記憶打了幾個結
Dear S，我曾抵達又離開
多少你眼底錯綜的巷弄
窗外的日光還傾斜如一場雨
那樣美好，Dear S
而我醒自你的夢境

——《創世紀》157期（2008年12月）

楊婕（1990-）

跳房子

如果有朝一日我將只記得你的一種樣子
會是你藍色的臉，有時清晰
有時模糊。背景是你的房子
你在其間
變換姿勢跳躍

關係是失足的實驗
我們之間有許多坑洞，要學會轉場
學著比方：今夜不談文學
換腳之後，跳進畫好的格線

有時路比預想的長。習慣你的臉
從身體浮現，變成閃爍的夜晚
你把輪廓放在遠距畫面前
像你離開的清晨，總用手
試圖留住我的臉
跳脫中指，跳脫謊言

休兵，去買雙好走的鞋
也許還是跳不過一個
壯烈成仁的結尾

此生坑道雖多，你總有空地可以
練習拆遷

九歌文庫 F1169

創世紀60年詩選(2004-2014)

主編	蕭蕭、白靈、嚴忠政
責任編輯	蔡佩錦
創辦人	蔡文甫
發行人	蔡澤玉
出版發行	九歌出版社有限公司
	臺北市105八德路3段12巷57弄40號
	電話／02-25776564・傳真／02-25789205
	郵政劃撥／0112295-1
九歌文學網	www.chiuko.com.tw
印刷	晨捷印製股份有限公司
法律顧問	龍躍天律師・蕭雄淋律師・董安丹律師
初版	2014（民國103）年10月
定價	280元

書號　　　F1169

ISBN　　978-957-444-960-6

（缺頁、破損或裝訂錯誤，請寄回本公司更換）

國家圖書館出版品預行編目資料

創世紀60年詩選（2004-2014）/
蕭蕭、白靈、嚴忠政主編. -- 初版. -- 臺北市：
九歌, 民103.10

256 面 ;14.8×21公分. -- (九歌文庫 ; 1169)

ISBN 978-957-444-960-6(平裝)

831.86　　　　　　　　　103015608